天野 忠 随筆選

山田 稔 選

8

ノア コレクション

編集工房ノア

天野忠随筆選——山田稔選　目次

I　『余韻の中』より

II　『そよかぜの中』より 他＊

＊

装画（「10月」木版）　山中　現
装幀　森本良成

I

『余韻の中』より

ピアノ

　戦争がもうとことんまで来たと誰しも思っていた頃である。私は意を決して、当座の用をなさないもののうち、特に持ち運びの不便なものを売り払うことにした。女房と相談の上、まず蓄音機とレコードその他をその槍玉にあげた。日頃なじみの近くの古道具屋が、頼みに頼んで五日目にやって来てくれた。

　見るからに億劫そうな、いっこう商売人らしくない不機嫌な顔をしてのっそり入って来た彼は、私達の顔を見るなり、「……もう何も欲しいことおまへんのやけどな」と吐き出すように云った。無理に上がってもらって品物を見せると、「蓄音機でっか」と額に皺を寄せて、ますます気のなさそうに溜息をついた。

「実は昨日も、ピアノを二台も無理に買わされてしもて……いつなんどき焼けて灰になってしまうかも判らんものを二台もな……」

値段は二台で五百円、舶来品だという。彼の蔵にはこういった非常時に不向きの道具類でいっぱいで、近頃は「買い」ばかりで、「売り」がまったくないので、ほんまにかなまへんと、口に唾をためて、ぐずぐずした調子でこぼすのであった。誰しも、今日の空襲でやられるか、明日は焼けてしまうかと、生きているめどのつかないような時世であったから、今すぐ必要でないものは、どしどし捌くか又は山奥に疎開させるか（それもよほど好運に恵まれてのはなしであるが）どっちにしろ身の廻りを軽くしておきたくなるのに無理はなかった。

私達の聞いた噂では、当時大阪の街中なぞで、家の軒下に「このタンス売ります」と立て札を出して、その下に売価五十円と書いてあるのを見た人があったということだった。それも至極上等の新品の総桐タンスだったが、それが何日経っても売れないうちに、その家もタンスも焼けてしまったそうであった。

「そんなに云わんと、助けると思うて買って下さいな。商売だと思って」

「そやけど、商売いうたって旦那はん、この時世でっせ。おしりに火がついてるみたいなもんですさかいな」

古道具屋は初めて乱杭歯をニュッと見せていんきに笑ったが、それでも買ったとは云わない。まったくこの商売は因果な商売で、買えば買っただけ焼ける材料を増やすようなものでな、と支那パッチのひざをこすりこすり、もうすぐ帰ってしまいそうな様子をした。私は台所から、今は止めて使っていない瓦斯ストーブをもち出した。

「これをおまけにするからたのむ」

「瓦斯ストーブか。夏向きやおへんな」

「こんな小さな器械ものは値がよいと聞いたけど」

「瓦斯ストーブは冬のもんでっせ。冬までもちますか。おとなりの大阪も神戸もまる焼けでっせ」

「京都は残る。ダンゼン京都は残るよ」

「アメリカが保証してくれたら信用しますけどな」

中腰になって帰りかけるのを、無理矢理に押えつけるようにしてまで、私達は強引に頼み、ねばりにねばった。下駄をはきかけてから、彼は、そんなら仕様おまへん、これまでのお義理だけで買いますわ、となげやりな調子で、

「三十五円。それでよかったら貰いまひょう」

「三十五円か」ウーンと私はうなるような声をあげたが、別にそれが足下を見られたべら棒に廉い値段とも思わず、いつの間にかこっちも商売人みたいなかけひきのジェスチュアみたいなものをしているのであった。

とど三十八円也で、蓄音機（これは当時コロンビヤの五十五号とかいうのだった）レコード（何十枚か忘れた。音楽ファンでもなかったが、いわゆるクラシックが多く、赤盤のピアノ曲が主だった）それに瓦斯ストーブ（これは新品同様）をやっとこさ売り払ってから、私達は思わず「しめたッ」とほくそ笑んだ。

古道具屋をいっぱいはめこんだ気がした。その三十八円也で私達は、生きているうちの栄耀だと久しぶりの闇の牛肉を手に入れて一夜の歓をつくしたことだった。そしてそれから十日ほど経って戦争は終った。

敗戦後だいぶん経って、その古道具屋の店に見なれないきれいな娘さんが店番をしているのを見かけるようになった。その娘さんは近所の人の話では、折からの物価騰貴ですっかり財をなした古道具屋の、若いお妾さんだという。

若いそのお妾さんと、束ね髪のくしゃくしゃのモンペをまだつけたままの古女房とが、店先にギッシリ並べられた古道具類に、両側に分かれてハタキをかけているのを、茶の間の方で相変わらずの支那パッチのおやじが、物憂そうな顔をしてボンヤリ眺めているのを、通りすがりにフト見たことがある。そればかりではない、若いお妾さんの生んだ子供が、古道具屋の蔵の中でピアノをいじくっている音を聞いたという人もあった。たぶん一台二百五十円也で買ったあのピアノであったろうか。

（昭和三十八年九月）

西洋婦人

私の学んだ商業学校では、英語教育がことにきびしく、当時としては珍しく外国人の教師が五年間ぶっつづけに英会話を教えた。

英国の女子大学を出たという、もうかなりの年輩の、ほっぺたのぶよぶよとした、独身で甚だ口喧しい小肥りの女史がその任に当たっていた。名前はどう綴るのか知らないが、我々はサウタ先生といっていた。

その英会話というのは一週間にわずか一、二時間だったけれど、その時間中はいっさい日本語はダメ、サウタ先生のいわゆるキングス・イングリッシュを聞かされ、テキストなしで、先生からの質問を生徒のおかしな英語の答えがぎこちなく、たどたどしく且つ気恥ずかし気に続くといった、生徒達にとっては実に面白味のない嫌な時間だった。

おまけにこの西洋婦人には、我々稚い中学生共にとっては、いささかのユーモアらしきものすら感ぜられなかったし、いつでも不機嫌でおうへいで、とりつくしまもなく言葉どおりまったく異国の人であった。

その頃の中学生は、例の弊衣破帽のバンカラ三高生を見ならって、埃まみれのぢぢむさい制服に、わざと汚した穴だらけの制帽、おまけに私達の学校では年中ゲートルをつけていたものだ。夜店の古靴屋で、一円か一円五十銭で値切った末に買ってきた軍隊から払い下げの兵隊靴で威張って通学したものである。我々はそれをドタ靴とよんだが、その靴底に穴があいてもボール紙か新聞紙を底に敷いて、泥のくっついたまま平気で教室に出入りするものだから、教室はいつも朝から土埃だらけだった。

ある日、気の利いたのが、埃押えにバケツに水を汲んできて、パラパラと床に水を打っておいたところへ、サウタ先生があらわれ、いきなり顔を真赧にして怒ったことがある。どうしてだか判らないのだが、教室の床に水を撒いておいたことがいけないらしい。「ダーティ、ダーティ」と罵りながら、ぎょうぎょうしく水溜まりを歩くみたいに、長い黒いスカートの裾をたくり上げたりして眉をしかめ、級長を呼び「誰が水を撒いたか」と詰問したのである。困った級長が（今外務省の役人をしていると聞いた）「アイアム」と自分で罪？ をかぶって云いきると、「ユー？」と不審そうにみつめ、ゆっくりスカートの裾をおろし、甚だ遺憾に堪えないという表情で、「ユー・ダーティボーイ」と、とげとげしく叱って、その場はケリになった。

悪い生徒連中には、これでサウタ先生をいじめる手を覚えたわけで、わざと教室に水を撒いてこの赤毛の西洋婆さんを困らせたものだった。そういう時は、授業時間が二十分くらいは確実に短縮できたからである。二十分間くらいは、サウタ先生は、「なぜ教室に水を撒いてはいけないか」を——たぶんそんなことであろうと想像するのだが——とうとうと演説するからであり、その間中は、生徒は皆神妙な顔をして、唐人の寝言を拝聴していれば済むわけだった。その時にもサウタ先生は、しきりに「ダーティ、ダーティ」を連発した。

dirtyという英語は、きたない、不潔なという意味のほかに、下品な、卑劣な、というのもあって、私達の水撒きの、それと知らずにやった前者の場合は、ただ「きたない、きたない」の叱責だったのだろうが、わざとトリックをつかった後者の場合は、恐らく「お前達は下品だ、卑劣なやり方だ」の方であったのだろう。

いちばん英語のできるOという級長とあと二、三の者だけが、サウタ先生のくどくどと流れる英語のお説教に最も神妙に頭を下げ、時に赤い顔をして更に閉口した表情で、あいづちを打っていたのを思い出す。それ以外の者は、授業終りのベルの今やおそしと待ちかまえるばかりの上の空を、婆さんのキングス・イングリッシュが虚しく流れて行くのみであった。

　それにしても、京都という古い街では、特に中京界隈では、朝は家の前をきれいに掃除し、その上に水を撒いて道を浄めておくという、私達には床しいと思われる風習があり、そのほとんどがこれら中京の商家から通っていた生徒達の、何気ない善意から出た習慣――それも上乗の習慣――が、最高の教育を受けてきた西洋婦人のそれと相容れなかったというのは、（そこに何か誤解があったのかも判らないが）今思い出してみておかしいことのようにも、奇妙なことのようにも思われる。

　サウタ先生には今一つ私に思い出がある。

　今度の戦争のずっと前に帰国して死ぬまで独身だったと噂に聞いたこの英国婦人が、二階の教室へ行く踊り場の所で、頼りなく妙に薄ぐらい秋空をフッと見上げている姿を、私はいつか見たことがあった。西洋の婆さんのその眼は、ういろみたいに気持が悪いな、とそのとき私はフッと感じた。dirtyという言葉がフッと口に浮かんだ。しかしそれだけではなかった。そのういろのようにdirtyと見える眼の色にいっぱい、やりきれないさびしさのようなものが溜まっているのが、少年の眼にもはっきりと判ったのである。私はサウタ先生に一礼してしずかに教室の方へ歩いた。

（三十八年十一月）

東京で

先日、旅嫌いの私が公用で一週間ほど上京した。方位感覚というものが生来私に備わっていないらしく、何度訪ねても知人の家まで行くのにまごまごする。はにかみやだから、東京弁で道を聞くのをつい遠慮する。それに老いも若きも揃って、セカセカ埃っぽい道を押すな押すなとばかり歩いているので、尋ねるのも何となく億劫になりがちだ。ずいぶん時間をかけてやっと辿りつくと留守だったりして、ほんとに涙がポタポタ落ちる思いをしたことがある。荷物を下げている時などは非力の私だからよけい惨めな思いがする。乗車拒否とかいうのが盛んだし、所番地だけ云ってもこの頃の自動車《タクシー》は、親切に路地裏まで頭を突っ込んで探してくれるような時代離れな人情は見当たらない。

色々判り易い目印を前から云ってもらって、それをお上りさん然と手に持って、日進月歩の東京の街をたしかめたしかめ歩くのだが、着いた時刻が夜だとそれでも心許ない。まるで年頃の娘さんが、夜、不慣れな土地でビクビクしながら歩いているようだと我ながら思う。もっとも今どきの活発な娘さんなら、それがスリルだとかえって面白がるのだろうが。

初めて東京という世界に辿りついて、一夜を明かした中学四年生だったかの時、部屋の外から宿屋の女中さんがすずしい声で、

「皆さん、おめざめですか」という言葉を耳にした時はショックだった。あんな美しい丁寧な言葉をそれまで私は聞いたことがない気がした。ああ、東京はええとこやなあ、とその時、心からそう思って爽やかな気持になったのを覚えている。

その時見た東京という街は、震災後幾年も経っていなかった頃で、あちこち引っ張り廻されたあげく、帰路につく上野駅での感慨は、「これですっかりやとすると、世界で何番目かの大都市という東京も案外さびしい街だな」とひどく肩身の狭い思いをしたものであった。

神田の日活館という映画館では、夏川静江の「椿姫」をやっていた。中へ入ると、観客はお粗末なベンチにお尻をくっつけ合って、下から土埃が立っていた。たしか七十銭も入

場料をとられて小屋の中のひどいお粗末さに二度びっくりした覚えがある。

もっともそのセンチメンタルな映画の印象は大へん良かった。修学旅行から帰っての自慢は、「東京のどまん中で封切写真を見て七十銭もとられた」と家族に吹聴することであった。もう一つは、その頃まだ日本橋にあった魚河岸の店屋でうなぎ丼をたべたこと、並が四十銭、上がたしか五十銭だったか、その並等四十銭が肝に銘じて旨かった。あれ以来あれ以上のうなぎ丼を味わったことがない。

それにしても朝の魚河岸でうなぎめしをたべるいっぱし玄人風な趣向を、どうして中学生風情が覚えたのか、たぶん文学少年だった私のそういった雑誌や読書勉強の知恵からであろうか。

そんな思い出みたいなものもある東京へは、二十代、三十代にはほとんど行っていない。この頃になって年に一回は野暮用でしぶしぶ出かけるのだが、しょっちゅう心にゆとりのないせいか、少々の閑があっても宿にいてゴロ寝するばかりで、知人を久々に訪ねるという気概がない。去年の春、それでも、「いささか気とり直し、路縦横に踏んで」というほどでもないが、病床にある上林暁氏を見舞ったことがある。

十何年か前に二度ばかり来たことがあるが、やっぱり方向音痴の私には、阿佐ヶ谷の駅から一時間余もたずねたずねして、折からの烈風と砂埃にまみれてやっとの思いで、「ああ、ここだここだ」と旧態依然の家構えの前で、ホッとし、またガッカリするほどおかしな安堵感でちょっと立ちつくしたままだった。

下駄箱の上にまで本が積み重ねられていた。この前はたしか夏で、戸を開けるなり玄関の次の間で、こっちにチヂミのシャツだけの背を向けて机に向かっている上林さんが見えたが、今日はピッチリ襖が閉まっていた。

上林さんは病床にいてほとんど口がきけなかった。スラックスをはいた、しっかり者らしいきれいな妹さんが、しょっちゅう傍にいて日に三枚ほど口述筆記をしているということだった。

初めて上林さんを訪ねた日、夕方になって一緒にそこまで出ようということになって、上林さんは小学生か中学生の遠足用の水筒を、首にかけて表へ出てきた。

「駅の近くでドブロクをちょっと仕入れますので……」そういって上林さんは、鳥打ち帽子をひょいと頭にのせた。そのことをいま臥たままの上林さんに云うと、モグモグ口を動かし眼ではっきり、「あーあ、そうだったなあ」とあいづちを打つようだった。部屋の中はむしむしするほどあたためられていて、背後の本の山の上に、傾いてテレビが下を向いていた。
　外へ出たら、まだ風が強くて合外套の裾をあおられあおられ、おっかなびっくりのうろおぼえの路順を、また何度も間違え間違えしてやっと駅へ出た。久しぶりに今日の東京の時間が充実した気持がして、ゆったりした顔で左右の人を見たりして電車を待っている自分が、ちょっとばかり頼もしいまず世間並みの人間のように思えて我ながらおかしかった。

（三十九年十一月）

犬の話

岩船寺《がんせんじ》というお寺に白いおとなしい犬がいて、ここからすこしばかり山道を行くと、有名な浄瑠璃寺の前に出るのだが、その白犬がいつでも浄瑠璃寺への道案内をしてくれるのだという。

奈良から笠置行きのバスで途中で降り、山越しに裏の方から行くと、人ひとり遭わぬ物寂しい山径を行くことになるのだが、そのあたりに古い石仏があって、それを一つ一つゆっくり眺めてトボトボ歩くのが愉しい。岩船寺のシロは、(案内してくれたM夫人はその犬をそう呼んだ)私達の前をトコトコと心得顔に歩き、こちらが石仏を眺めて一服しているのをひょいと振り返ったりして、自分もその間、道草を喰っているようなふりをして待っていてくれる。

山道を越して浄瑠璃寺の境内に間違いなく辿りつくと、シロはさっさと眼の前の古い大きな池のまわりをまわって、どこへか姿を消してしまう。池の中の睡蓮のあの幻のようにほの白い花々を、ほうーと感に堪えた面持ちで見渡しながら、それだけでもう、スモッグだとか交通戦争だとかいう毒々しい現代語を忘れてしまって、池を隔てた朱い小さい三重塔を見上げ、松や檜を背景にほどよくしつらえられたという感じの阿弥陀堂の見事な九体仏を拝み、鎌倉初期の春日厨子に在すあの美しく彩色された福々しい吉祥《きちじょう》天女の像に見惚れて、一種忘我の境地になって出てくると、またあのシロがそこにちゃんと待っている。おとなしい犬で人見知りもあまりしない。頭を撫でてやると、はにかむようにじっとしているがすぐトコトコと用ありげに歩き出す。もとの岩船寺へご案内しましょうという心意気だろうか、こっちを見返ったりする。

「あのシロは、一日何べんでも岩船さんと浄瑠璃さんの間を往復して、ほんまにマメな犬ですよ」と、これらの寺にゆかりのあるM夫人は、どこか吉祥天女像に似たこの円満美人は、そう云って心地よさそうに明るく笑った。

シロのような山里のお寺さんの犬ではないが、勤め先の大学の近所の粉屋さんに、大きな図体の日本種の老犬がいる。これもおとなしいので有名だが、初めて見る人ならギョッとするぐらい大きくて恰幅優れた貫祿十分の日本犬である。長いこと見慣れているが吠えたのを聞いたことがない。名前も知らない。何だか、「太郎」とか「八郎」とかいった日本風の落ち着いた名前がふさわしいような気がする。店の前で、おっとり悠揚としずかに世間を見渡している感じで、町内のもの判りのよい楽隠居が、こぎれいな茶の間に坐って町内の噂話を聞いているような趣で、そのおっとりした重厚な姿を見ているだけで、私は不思議なほど気持が落ち着くのを感じる。

犬好きの私だから、ときどき、こんな落ち着いた「太郎」という頼もしい生きものを自分の傍に置いて、西洋風のダンロの傍の長椅子に倚り、「ヘンリイ・ライクロフトの私記」なんかを読み返している理想的な老後の自分を想像して我ながらおかしう、そしてその空想が愉しくもある。

その私の「太郎」は、粉屋の前でいつでもゆったりと鷹揚に世間を見渡しているが、いつか大学の門の前で曾孫のようなどこかのチンコロと、いかにも楽しそうに大人気なく転げまわって遊んでいたことがある。「たわむれる」というのは、ああいう情景なのだろう。太郎は気持よさそうに、チンコロ共に手心？　を加えながら純真にたわむれていたが、チンコロ共の方が先に遊びあきたのか、どうも調子が合わないといった形で、いきなりツンツンした顔つきをして逃げ出してしまった。そのうしろを追う気力もないのかべったり腰を据えて、しかし、すこしばかり気落ちした様子で太郎はじっと見送っていた。それを見ながら私は、図体は大きいがもうずいぶん老年だろう太郎のさびしさが私の皮膚の上で判るような気がした。

今朝もその太郎が粉屋の前で、そこの家の人と近所の人の間でゆったりと腰を据えて、例のとおりしずかにあたりを見渡しているのを通りがかりに見た。近所の人が云った。

「これだけのから（図体）やったら、いまでも相当たべまっしゃろな」

粉屋の小柄な主人はニコニコしながら、（この人も相当の犬好きらしい）答えた。

「それがあんた、もうこんな年寄りですさかい、図体ばっかり大きい割りにたべるもんはおかしいほどほんの真似事だけですわ……」

私は振り返ってもう一度「太郎」を見た。彼はそっぽを向いていた。

（四十年二月）

猫の話

犬は好きだが猫は嫌いという人が多い。私も子供のときはその口で、親と暮らした二十年間家でも猫を飼った記憶はない。所帯をもって、家が狭く庭もないので、どこからかまぎれこんで来た小猫がいついてしまったのを、何となく飼っている形になったことがあるが、飼っていると犬のようではないが、やはり消極的ながら可愛くなってくる。消極的に可愛いというのは文字通りそうなので、フッとそこにいなくなっても、躍起になって探し出そうとする意気込みは大して起こりそうもない。そんな程度の可愛がりようであった。

それでもだいたい生きもの好きの私は、名前を呼ぶと歌舞伎の子役が、あどけない顔を上げて、「あーい」と答えるような甘えた鳴きかたで答えられると、つい膝の上に乗せたくなり頭を撫でてやりたくもなる。

猫を飼うのは最初が大事で、野放図にさせないための躾は、ここぞと思うときに手応えのある程度の打擲を頭にきめつけることと聞いた。

その「ここぞと思うとき」を私はうかつに見過ごしてしまったために、相手になめられてしまったのか、いつでも私の膝は彼女の寝台になり、食事時に私の分をかっぱらう遠慮会釈のない割り込みも当たり前の芸当みたいになってしまって、これでは可愛気ない始末で、おそまきの手応えのある程度の打擲を幾度か試みたあと、やっとこの癖は改まったが、どうも変な工合の後腐れの感じが残って嫌だった。

ミーちゃんという月並みな名前だったが、彼女は子供を三匹産んでその二匹をよそへ貰ってもらったのだが、そのあといつの間にか姿を消してしまった。家の子供達が、「ミーちゃんは子供を探しに行ったのにちがいない。あれだけよそへやるなッと反対したのに」と私や女房を攻撃してくる。

どこの家でもそうだろうが、世話役は親で遊び道具にするときだけは子供の分、と勝手にきめている子供達には迷惑だろうが、親猫も入れて四匹の面倒は、とても病身の女房には見きれない。いい器量の雄だけ残して、子供の知らぬ間によそへやったのが悪かった。長いこと子供達からしぼられてさんざんだったが、行方不明の親猫はとうとう帰って来ず、残った器量よしはスクスク育って行った。

これには躾をよくした。持って生まれたのはどうやら温順な性質と見え、大きくなっても、襖をガリガリ引っかいて、猫様のお通りだぞといわんばかりの威嚇のデモなんぞはやらず、まず襖の前でしとやかに、「アーイ」と一声、「お頼み申します」と聞こえるような鳴き方をするのであった。

夏になって、下のやんちゃ坊主が昼寝している頭の方に尻を据えて、親猫が仔猫をなめてやるように、やんちゃ坊主の汗くさい頭をペロペロといつまでもなめている。それがあまり長いことあきもせずやっているので、タマ（これも月並みな名前だが）の前に、私の頭をひょいと突き出してみたが、タマは一なめ二なめしたきりで、私のフケ頭は古びておいしくないのか、また子供の頭の方をペロペロとやっている。何べんやっても同じことで、一なめ二なめくらいは、義理か厄介みたいにやってくれるが、あとはずっと子供の方にかかりきりである。

長いこととして昼寝からさめた子供に、頭をなめられていたことを話してやり、「何か夢を見なかったかい」と聞くと、サッパリした顔をして、「アイスクリームをなめている夢を見た」と云った。こっちがなめられたようだ。

その子供達も大きくなって、上のが高校生、下が中学上級生時分だったか、年に一度の衛生掃除の際、畳をあげ床の下に石灰を撒いていると、ちょうど茶の間の中心と思われる部分に、ひらぺったいカサカサしたものがあり、面白がって高校生が引きずり出してみると、何とそれは猫のミイラだった。ミーちゃんだ、ミーちゃんだと、子供達は行方不明になったタマの母親を懐かしみ、気味悪がって近寄ろうともしない私達を尻目に、自転車に箱を積みその中に猫のミイラを入れて、「お葬式をしてくる」と云って出かけてしまった。家の狭すぎる庭では心許ないのか、五、六丁離れると静かな環境のちょっとした松林があって、人の往来もほとんどないMというところへ埋めに行ったものらしかった。日暮れ方帰ってきて、二人共ケロリとした顔つきで、衛生掃除日のきまりで野菜ばかり盛り上がったスキ焼を夢中でパクついていた。

それにしても、猫のミイラが、ミーちゃんのミイラが何年もうちの茶の間の下で眠っていたのか、それを思うと気味の良かろうはずはない。たぶん「猫いらず」でものまされたか、それとも子供達が口を揃えて云った、「ミーは子供をとられて世をはかなんで自殺したのだ」説がほんとか、私は亡きミーちゃんにした、例の手応えのある打擲の感覚がフイに自分の手に感じられてきたのを不思議と気味悪く思ったことだった。

（四十年三月）

山吹と金魚

私も動物好きだが、息子の嫁も故郷のカリフォルニアでは、（写真で見ると）何種だか知らないが、大人ほどの恰幅のよい犬と抱き合うようにして並んでニコニコしていて、見たところ大の動物好きのようであった。

日本に来てからは、お定まりの狭苦しいアパートの二階暮らし、それも夫婦共稼ぎという状況だから、とても犬どころか猫も飼う余裕はなく、思いあまった末、金魚を飼うことにした。三匹いて小さなガラス鉢に入れて、ひまがあると高い背を曲げていつまでも見ているらしかった。

その三匹の金魚に彼女は名前をつけた。金魚に名前をつけるという発想はやっぱり外人さん向きだなと感心して、その名前を聞くと、一匹は「ハイ」一匹は「ソウ」あとの一匹は「デス」というのだそうである。どうしてそんなへんてこりんな名前をつけたのかときくと、「主人がいちばん早く覚えて欲しい日本語だといったから」だそうである。

ハイもソウもデスもずっと元気に狭い金魚鉢の中で動き廻っているが、どれがハイで、どれがソウか私にはいっこう見分けがつかないが、娘にはちゃんと判るらしく、「ハイが少し元気がないようだ」とか、「デスはお茶目さん」「ソウはお天気もの」だとか早くも金魚族の個性判断をしているらしい。

私の方も今年まで何度も冬を越した古強者の金魚が一匹いたのだが、これはむっつりやで、一日中哲学者のように水の底の青い藻の蔭でじいっと考えごとばかりしていた。そして春になるまぎわに死んだ。こんな無口な？　しずかな世の中を悟りきったようなポーズを死ぬまでつづけた生きものをほかに知らないが、私はこの老いたる金魚を庭の山吹の木の下に埋めた。

ところが、今年は去年とはてんで違って、その山吹の花が実に見事に咲き盛ってきたのである。猫の額の庭だが、その鮮かな眼にしみ入る美しい黄色の豊かさが、このごろの私を実にほのぼのとあたたかく愉しませてくれる。去年はそれが馬鹿に貧弱で、その貧弱な咲きっぷりに山吹自身が気がさすのか、急いで散り急いだ形勢であった。

息子の嫁が来て、この山吹の花を見て一時間も動かない。山吹は私の持っているごく粗末な和英辞書には、YAMABUKIと出ているだけで、山吹色は、BRIGHT YELLOWとあるだけで、アメリカには無い花なのだろうか。青い眼の中に、日本の山吹の美しいやさしい黄色が一時間もの間、しっとりと印象づけられて、じっと見惚れている姿を見ると何かこのカリフォルニア産の息子の嫁がいじらしく思えてくる。彼女のノスタルヂアの想いが、私の皮膚の上にもかすかに染まってくるようなそんな気がする。

このきれいな見事な花ざかりの下に、哲学者の金魚（名前はつけなかったが）の死体が埋まっていて、そのおとなしい哲学者の魂が今年のこの花たちをこんなに豊富にゆったりと実らせてくれたのだよと、もし私が流暢な英語で喋ったら彼女はどんな表情をするだろうかと想像したりした。

日本へ来て早々、娘は近所の知人夫婦らといっしょに奈良見物に行ったが、鹿のお相手ばかりして神社仏閣には、いっこう興味を示さず、いつまでも鹿の頭をさすってばかりいたという。出来れば早く独立家屋に住んで、犬や猫や、鹿まで飼いたいつもりだろう。いつか冗談に、「大阪城みたいな私達のお城を建てたい」なんて云って笑っていたが、たぶんそのお城には、小は金魚から大は象ぐらいまで飼いたい肚かも知れない。山吹もきっと植えることだろう。

　私の女房も動物好きの方だが、いたって実利型に出来ているから、狭い借家暮らしには犬や猫も飼うことは御免で、（猫ではしくじった経験がある）専らテレビで子供向けの例の「ラッシー」だとか、「名犬リンチンチン」とかいう人間以上に動物の活躍する写真の大ファンで、熱が三十九度ぐらいあっても欠かさずその時間になるとシャンと起き上がってくるのである。

　私もラッシーやリンチンチンのような大柄の犬が好きで、白状するが私もこのテレビだけはまずまず見逃さない。息子の方は依怙地にテレビを備えつけてないが、（嫁の方もそれに共鳴してつまり夫唱婦随しているが）私の家へ来るとラッシー君活躍の場面等は熱心に見ていて、ときどき青い眼を濡らし、溜息をついたりしている。手を延ばしてラッシー君の頭をさすったり、あの大きなふさふさした躰を抱きしめてやりたいほどの愛情を全身いっぱいに示すのである。先に書いたカリフォルニアの家での写真では、ちょうど私の住居と余り違わないほどの大きさの犬小屋の前で、ラッシーほどの大きさの犬と娘は仲睦まじく抱き合って写っているのである。

　先日ひょっこり娘が来て、例のとおり一時間近く山吹の花ざかりを縁側に横坐りに坐っ

て眺めていたが、ひょいとこっちを見返って、

「キンギョヒトツシニマシタ」と悲しそうに云った。そしてまたゆっくり山吹の方に顔を向けた。

死んだのは、「ハイ」か「ソウ」か、それとも「デス」か、それは聞かなかった。

（四十一年七月）

隣人

休みの日に寝ころんで、亡くなった作家の日記を読んでいたら急に蟬が鳴きだした。一番背の高い無花果の木にとまっているらしいが見えない。それが馬鹿に下手糞である。ものに躓くようで、ふんぎりのつかないじれったくなるような鳴きかたで、鳴いている本人もいまいましくなったのか、ピクリとやめてしまった。そのはじめとおわりが、あんまり唐突なので、寝ころびながらフフフと笑ったら、針仕事の女房が変な顔をした。晴れた秋のしずかな真昼である。そのとき急に思い出したことがある。

十数年も前の、ちょうどいまのこんな気味合いのときだった。うすい板塀一枚へだてた隣家の庭のあたりで、奥さんが何かわけのわからぬかけ声をかけているらしいのが聞こえてきた。小さく力を籠めて同じ言葉を、ちぎれちぎれに突き放すようにかけている。

寝ころんで昼寝でもしていたろう私の耳に、それがまるで綱引きでもしている子供達への声援のように聞こえてきた。隣家は我家と違って、ゆったりと庭も広い洋館まがいの二階建である。つい最近アメリカ留学を終えて、向こうで誕生したという赤ん坊をつれて移ってきたばかりの、大学の心理学の先生だということである。先日の地方新聞の文化欄にむつかしい論文を書いていたが、それに出ていた筆者の写真は、アゴが張ってキリッとした古武士然とした昔風の美男子だった。

二、三日経ってまた同じ声を聞いた。こっちは相変わらずぐうたらに寝ころんで、うつらうつらしていた。綱引きのかけごえでもあるまいが、低く力を籠めて何かこう押し出すような声でもあり、痛みをぐっと堪えるための自分への力づけの呻きみたいな？　とでも判断するしかないようなちょっと異様な声である。そのうちこっちも眠ってしまったらしく、それきりになったのだが、次の休みの日の昼、またまた例のかけ声が聞こえてきたとき、今度は女房が傍にいて、「……あの声は何だろう？」と、こっちも声を低めて聞いてみた。

内職の針仕事をしていた女房は、へえーというような、初めて気のついた表情で私を見たが、しばらく手をとめ顔を心もち隣家の方へ寄せるようにして、じいっと耳をすませていたがすぐ何でもない顔で、「……赤ちゃんにうんこさせてはるの」とスラリと答えた。そっけもない返事だった。馬鹿馬鹿しくなって舌打ちして眼を閉じたが、さてどうにもそのかけ声が日本式でないのである。

洋行帰りの若奥さんだけあって、赤ちゃんにうんこさせるのにもあちら式でやるのかと苦笑しながら、私はその「英語」の探索に耳をすませることにした。

相手が英語だと判るとこれはじき知れた。何のことはない、そのかけ声というのは、「Go Go」だったのである。何だか腑に落ちすぎた気がして、私はくるりと寝返って妙にヒヤリとしたものを感じた覚えがある。

それから何年あとだったか忘れた。我が借家の一隅に粗末なトタン葺きの風呂場があり、休日は私が風呂焚き番に当たっていた。煙突がつまっていたらしく、無器用でせっかちな乱暴な焚き方で、パチパチと火の粉がさっきから飛んでいたらしい。隣家との塀をバタバタと向こうから強く叩きつける音がして、いきなり、「お隣りさん、お隣りさん」と呼ばれた。塀の外の奥さんの疳高い声がつづいて、「火の用心、火の用心ー」と、うろたえた私の耳にとんできた。びっくりした私は初めて火の粉に気づき、見えない塀の向こうでまだバタバタと叩きつづけている奥さんに、「済みません、済みません」と頭を下げつづけた。

「Go Go」の盗み聞き？　をしたたかに罰せられたような気がして、そのときは嫌に気が滅入ったものである。

秋の初めの爽やかな風が、狂い咲きの山吹の花をふうわりと揺るがせているのを、こうして十何年前のあのときと同じように、寝ころびながら安楽そうに眺めていると、突然、下手な秋蟬のしわがれ声が聞こえ、その声から昔の隣人を思い出したのだが、何かそれが、「一種前生の思い」のような、遠い煙霧を隔てて見る人さまざまの姿を思わせて、今ここに在ることのしみじみと懐かしい感じがした。

三十年もこのボロ家に住んで貧乏暮らしをつづけてきたものだが、動かないのはこちらだけで、右も左もお隣りさんは変わった。何回も変わった。

心理学のいかめしい教授夫妻もとうの昔、大きくなった娘ともども東京の大学へ転じた。

疏水端のしずかな桜並木の散歩道を、親子連れで歩いているのを見たのが最後だった。

主人の方は写真通りの古武士然とした大柄の立派な体格で、娘の手を引き何か呟きながら歩いていた。

流行おくれのひどく長っぽい、地味な色のスカートをはいた奥さんは、陽に灼けた黒い疲れたような元気のない顔色で、紙袋のようなものをドロリと提げていた。父親に手をひかれながら、ハイカラな外人風の縞柄のブラウスを着て、母親似の青黒い大人びた顔をした「Go Go」の娘さんは、ひどく大儀そうにあくびをしながら歩いていた。

（四十一年十月）

私の古い安楽椅子

　三十年も前に買った籐椅子の値段を私はまだ覚えている。百貨店の特売品の残りもので十九円であった。これが一つだけ残っていたが、かねがねこうしたゆっくりとした鷹揚な形の、手足をのんどり投げ出して安楽に陽あたりの良い場所で、うつらうつらと読書の合いの手に、うたた寝などしたいものと念願していたそのものが、たった一つ残っていて大特価の赤札がぶら下がっていたのである。眼のさめるような思いで飛びついて買った。

　十九円というのは貧書生にはもとより並々ならぬ大散財である。ずいぶんしんどい支出であり、当分どころかその出費の年は苦労に輪をかけた。五畳という変な間取りのアパートの部屋の窓ぎわに置いて、好天気の休日には年寄りくさい念願の、そのうつらうつらを心ゆくまでやってみた。至極塩梅がいい。酔生夢死というのを思い出した。

若年寄り染みた夢想ではあったが、これには外国小説や映画や、それから泰西名画といったものからの安直な影響がたぶんにあった。あたたかい炉辺に愛読書を携え、馴れ親しんだ安楽椅子にどっかり身をゆだねて、静かな夜の孤独を愉しむといったふうな場面をこの世の至楽とばかりに描いたものが、その昔から沢山あったのであり、(カステラの外箱や高級石鹸の包み紙等にもあった)私はこれに憧れていた。

現に西洋では「炉辺叢書」という、それ向きの有名なライブラリ・シリーズもあった。楽隠居然とした白髪の老紳士が、革張りのどっしりした豪勢な安楽椅子に深々と沈んで、手には瀟洒な天金張りの書物をもち、傍の小卓には古い年代ものと一目で判る葡萄酒瓶とそれの半ば満たされたコップ、そしておきまりの豪華な暖炉の火が赧々と、夜の沈黙と人生の醍醐味とを歌うように燃えている……。

豪華な暖炉の火や、革張りのどっしりと落ち着いた安楽椅子というのはもとより夢のまた夢であるが、せめて籐造りながら身分不相応の金十九円也の、自称安楽椅子に深々と身を沈めて、うつらうつらの日光浴を愉しむには、五畳一間の安アパートで十分事足りた。

夜には炉辺? の書を読み、合いの手にこれも一月に一回だけ半額提供という仏蘭西産(と称した)ソータンという白葡萄酒を一本七十五銭で手に入れて——むかし四条河原町に熊谷食料品店というのがあり、こうした輸入品を売っていた。ちょっとしたバタ臭い風格があって、この二階の喫茶室の珈琲も旨かった。新京極の寄席へ出る芸人がよくここで一服していたものだ――泰西名画そっくりのポーズで若年寄りの私が舶来のワインを味わいつつ、天金小型のアルス版ワイルド詩集等を口誦むという塩梅であった。気働きの至って薄弱な安月給取りのひとり者にとっては、この十九円の大散財はそれなりに大へん値打ちがあったのである。

怱忙三十年を経て、その安楽椅子がまだ我家に今もある。まだあるだけでなく、例年夏にはずいぶん愛用する。戦時中に近所の名うての腕白が遊びに来て、知らぬ間に、女房の洋裁の裁ち鋏で一心不乱に、籐の網の目をぷちんぷちんと切ってしまって、いまは満身創痍といういたいたしい形にやつれはててはいるが、見たところ骨組みだけはまだガッシリという感じが残っていないわけではない。梅雨明けの頃になると、物置から図体の大きいこの古めかしい埃だらけの奴を、肩にかつぐようにして座敷に運び込む私を、

「ああ、また今年もそれを使うつもり？」と古女房は顔をしかめるのである。肝腎の尻と肩にあたるところの大事な箇所を、腕白坊主の苦労の作業でぶつりぶつりと切断されているので、坐る時は慎重に腰の重点を考えないと裸の椅子の骨にカチ当たって、これはあ

んまり安楽どころか、ビリリと痛くなるのである。おまけに切断された籐の尖がいきなり皮膚をチクリと刺す。座蒲団を二枚ほどもあてがって、やんわりと心して慎重に坐る分には、まだまだ楽ちんというものであり、その昔の大特価十九円の豪奢の名残りは、いまだにほのかに味わえるような気持になる。

　炉辺にどっしりと据えて、夜々の読書の友とするにはさすがにみすぼらしいが、さりとて銷夏の夕の一刻を憩うには、修理のきめてがないほど籐の網の目は破れ放題でも、これをおいてほかに私には「安楽」の道具はないのである。

　アメリカから帰ってきた息子が、結婚してアパートへ引越すときにも、「これ貰っていこうかな」と気易く放言したのに、私はNOと手きびしかった。ところが、息子の嫁が息子の誕生日に贈り物をしたのが、これまた百貨店の特売品ながら本物の、わん曲した足をもった安楽椅子であった。

　西部劇映画でよく見たものだが、家の外側の廊下で、老人がパイプを銜えながら、ギーコンギーコンと躰をしずかに揺すって、あたりの風物を暢気そうに眺めているあの安楽椅子なのである。これは息子の嫁の思いつきではなかった。新所帯をもって第一番に欲しいのは、気楽に身をゆだねられるゆったりした椅子、ゆりかごのような椅子が欲しい、と常々息子が口にしていたのを、青い眼の花嫁が、「日英会話」で稼いだお金で亭主のために買ってやったのであるらしい。

勝手きままにアメリカくんだりまでほっつき遊んだ息子が、変なところで若年寄りの血をひいている……と女房に笑われる所以であろう。

「清水の舞台から跳びおりた気で」とつい先日、こちらの気をひくように女房が云った。「あのボロ椅子をお払い箱にして、本式の安楽椅子を買ったげようか、還暦も近いし……」

私はこれにも「NO!」と答えた。ちょっと複雑な気持だった。

（四十一年十一月）

棚から落ちた本

「自己憐愍という悦楽が無かったら、人生は往々にして堪え難いものになるだろうと想像される」

まさしく、自分への愍れみという杖が無ければ、そしてその杖が悦楽というほどのものでなくとも、闇夜の眠りがこの思索の中のたった一つの哀れなる灯であったとしても、私は老い疲れたG・ギッシングを気働きの無い不甲斐性者と笑い去ることは出来そうもない。冒頭から甚だ気働きの無い愚痴言めくが、陋巷に窮死したギッシングの年令より、いささか老けすぎたことに今更びっくりしているのである。

先日の冬日和に、古い書棚の一番上から、どうしたはずみでか転がり落ちてきた小型本が、そのギッシングの「ヘンリイー・ライクロフトの手記」であった。懐かしい思いが急に拾った手許から噴き上げるようであった。若い日の愛読書は、(その当時から古本であったのだが)背文字もかすみ表紙も黝ずみ本文の紙も色褪せ、いかにも所帯の苦労になずみきったという姿で私の手にあった。

非常に古い本である。といっても大正十三年の版だが、外国文学に珍しく自然風物描写の豊富なところから、その一部が教科書向きに摘要されたためか、私の手にあるのは第四版ということになっていて、珍しいことにこの本には過日亡くなった安倍能成氏が達文のあとがき(跋)を書いておられる。そのあとがきの方から読みはじめたが、氏もこれを愛読書の一つとして高く評価していられるのは嬉しい再発見であった。

西歴十七世紀後半におこったスペインでの宗教運動に、静寂主義(Quietism)というのがあったそうだが、この作品の沈んだ静けさの醍醐味はまさしく文字どおりのQuietismの文章が、(訳者は俳人藤野古白の弟で藤野滋という人であり、いささか時代臭をともなうけれど見事に風格のある訳文である)私の初老の甘い感傷の気持に添うて、冬日向のほのあたたかさにも似た快い落ち着きをしみじみ有り難く感じた。

ギッシングのフィクションは、ライクロフトをその晩年の四、五年に、思いもよらぬ幸福（決して過大なものではない）の環境に身を置くことを許されることにしているのだが、こうした夢想の実現を「夢想」する彼の、貧苦と不遇の状況と、それを省みて自己憐愍の悦楽にふける現実の彼を想像することは傷ましい思いがする。

ライクロフトに自分をなぞえることは到底出来る相談ではないにしろ、私に来た初老のQuietismは、病気とそれにつれておこる自然の気力の衰えからと思われる、平凡至極なあきらめの感覚である。こうした一種敗北趣味の静寂主義から、自然一般の環境を眺めている自分を自覚することがこのごろしばしばある。

動物への憐れみや植物へのいつくしみ、対人関係の中での思いやりやいたわりの心尽し、その色合いの濃淡のめでたさ、おもしろさ、そういったものに不意に杖をとられてよろめくような感覚上のうれしい周章狼狽ぶりに、我ながらホッとしたり涙ぐんだりする時がある。

はからずもつい先日、斎藤茂吉のエッセイ「童馬小筆」を読んでいたら、次のような母を語る一章に出あった。

七才か八才の頃の茂吉の思い出である。

庭で仕事をしている母の傍で茂吉が遊んでいると、取り入れた綿の白い果が干してあって、（秋から初冬か）そこへ飼猫がきて何ともいえぬ媚のあるこえを出して、庭の土にぴったりと体を平たくしてその後半部をあげあげした。牡猫は交尾期に入っていたのである。母はその様子を一目みて、「茂吉よ、筆もって来て猫の尻触ってやれ」と云った。そこで茂吉は「私は使いふるしの学校用毛筆の先で猫の尻にさわってやった」と結んでいる。

茂吉の母は十八貫の無口の大女であった。そのことを念頭において、晩秋の農家の庭の母子の情景を想うとき、何ともいえず好もしい風情というのか、私には哀しみの情念をも含んだ人間性の機微のめでたさや、やさしさが感じられてくるのである。

この心の弱みから私はライクロフトが、次のように書くことに心から肯うものである。たとえそれがフィクションの上から出たかりそめの言葉であったにしろ。

「……自分はまだ何年も生きていたいとも思う。けれども若しこの先一年も自分の寿命がないことを知ったにしても、自分は愚痴はこぼさない。自分が不安な生活を送っていた時分だったら死ぬことは辛かったろうと思う。自分は何一つ目的も見出せないで、唯徒らに生きていたのであった。死が突然で無意義のように思われたに違いない。

今や自分の生は完成された。それは自然な無反省な幼年時代の幸福に始まり、それは成人の悟った平安の中に閉じられるだろう。——その仕事は欠点だらけであったが、併し自分は真面目に労作した、時と事情と自分の天賦の許し得た限りを自分は尽した。丁度自分の臨終の時にもそうであるようにと祈る」

時と事情と自分の天賦の許し得た限り……ライクロフトの生は完成したが、ギッシングは流浪の末、ピレネ山脈の麓で窮死した。

（四十一年十二月）

枯れている

長いこと病院に入ったきりの旧友Aがとうとう死んだ。葬式の朝、私は都合があって女房が代わりに出た。参列者の多くは同年輩の私の知合いばかり。

「今日来た人たちと較べると、うちの父《とう》ちゃんがいちばん枯れてることが判った……」

枯れてる、とはなかなか味のあることを云うわい、と私はいささか良い気持になった。死んだAは無名に了ったが、風格のある野趣にあふれた作品を幾つか残した。いたって無欲恬淡の気の良い詩人だった。貧乏暮らしの底にあぐらをかきながら、少しも窮屈な心を持たなかった。人づきあいの醇朴で円満な老いたる極楽トンボだった。

飄々として痩せた背中を見せながら、酔っぱらって歩く姿は見事に「枯れていた」。

小杉放庵の絵によくある、あの孤り旅行く老人のしずかに物寂びた味である。

……枯れているといえば、まあ、ああいった男のことを云うのだが、とちょっと腑に落ちず、「へえ?」という顔をすると、女房もつられて不審顔になって、「……お父ちゃん、何か勘ちがいしてるのと違うか」とま顔になった。「私の云うのはねえ」と膝を乗りだした。

枯れているは、文字どおり枯れているということ、私と同年輩の連中はまだ生き生きとして活動的な風貌をしているのに、うちの父ちゃんは年令以上に老け込み衰え弱って、まさに「枯れてしまった、水気がなくなり涸れてしまっている」という意味なんですよ、と説明したあと、「うぬぼれなさんな」と念を押した。

道理で日頃、女房の使いなれた言葉の中には私の早合点するこのような上品? な云いまわしのそれは無かった——。

枯れている、あの人は枯れている、この筆は枯れている、というような云いまわしをする人は、もう相当の年輩者だけだろうか、その意味は私の勘ちがいしたように、「欲得を放擲して枯淡の境地に達した人」または技芸の進歩して老熟した人の謂にとる人は、もうそんなに多くはいないのであろうか。

大正も半ば生まれの女房の年代にしてしかり、息子達の代になれば、字義どおり「枯れた人」は「凋れた人」即ち「廃人」であろう。裏も表もない。さっぱりと直通である。百円は百円、何の含みがあろう。

その、枯れたおやじのもとへ一昨日も次男坊主がふらりと転がりこんで、「月給前で腹ペコだ」と、冷蔵庫からあるたけの材料を引っ張り出し、台所でゴソゴソ、ジュジュ、ごってりと手料理を山みたいにこしらえてパクつきながら、折も良し、届いたばかりのビールを威勢よくポンポン抜き、やっと人心地がした、という顔になり、長い昼寝をしたあと女房から小遣い銭をせしめて、またふらりと下宿の方へ帰って行った。その帰りしな、食卓の上に落ちていた新聞にはさみ込みのチラシをとりあげて、ふうーんといった顔で読んでいたが、すぐ気のなさそうな手付きで私の前につき出した。

薄っぺらな、色つきの粗悪な紙のチラシである。大きな字で、「新墓地完成」と書いてある。その下に、「冥加金90㎡三万円よりいろいろございます。云々…お散歩かたがたお気軽にお出で下さい。〇〇寺」

お寺さんの墓地の広告である。ちゃんと図面も詳しく書いてある。電車通りを曲がって矢印の方へ五十米か……。

「お気軽にお散歩かたがた行ってみたらどうや」次男坊主が云った。

「お墓建ててくれるのか」

「どんな趣向がよろしおますか、今のうちに聞かせてもらいましょう」

「西洋式がいいな。西洋式に横に倒してある方が、何やら楽ちんみたいな気がするな。墓碑銘かなんぞ書いたりして……」

「阿呆らし。それなら冥加金をどっさり残しておいて貰わにゃ、そんな贅沢できまへんぜ」なるほど90㎠で三万円也か……。

次の日は、長男夫婦と子供が「骨休み」と称して、泊りがけでワァワァ云いながらやってきた。狭い家にガヤガヤ屯して、飲んだり、喰ったり、わめいたり泣いたり、おしっこをたれたり、さんざん古き良き親達の「枯淡の境地」をまる一日たっぷり荒らしまわったあげく、次の日の昼すぎ、ごちそうさまと、サーッと台風の過ぎ去るように、一族引き払って行った。見事なものである。

息子達や孫達の荒らしまわったあとの、荒涼たる座敷の隅っこに坐って、ホッとしながら、「枯れてる家をまだ荒らしにようくるな、あの連中は」と女房にぼやいた。

「まだ枯れてへん証拠や思うて喜びなさい」と女房が答えた。


（四十三年十月）

竹植えて

若い友達のNが、名古屋から京都に移り住むことになった。向こうの広い家を売って、こっちに小さい新建ちの家を買ったという。

大徳寺の近くで場所柄が良いので、向こうの広い家を売った額ではまだ大分不足だったのを、甲斐性者のNはどうやり繰りしたのか涼しい顔をして、せんだってひょっこり現れ、もう引越しも済ませ、狭いけれど庭にも近くに見つけた植木屋から、しかるべき植木をみつくろって植えさせた。一度見に来てくれと云う。私より二廻りも若いのにちゃんと家持ちだ。

私はまだ一度も自分の家というものを持ったことがない。親父も祖父も貧乏に慣れきって借家で死んだ。親父も祖父も町中の職人で、当時自分の持ち家に住んでいるような身分の人は、町内では外科の医者と、老舗の染物屋ともう一軒、後家さんの油屋だけだった。

私の家はこの後家さんの油屋の持ち家で、京都風に中庭に土蔵があって、その向こうの長細い一棟に部屋が三つあり、表の方を主家《おもや》といい、これにも長細い三部屋と頭を下げて通らねばならない天井の低い四畳半ばかりの二階が一間あった。大正の終りから昭和の初めで、三十一円という家賃だったと記憶する。

家主の後家さんは、季節の変わり目ごとに気が変になる病気があって、定期的に入院していた。亡くなった主人の親類筋からしょっちゅうその遺産をつけねらわれているという妄想？　が嵩じてそうなったという噂だった。ときどき私の家の土蔵のまわりに水を撒きにやって来た。おまじないみたいに、小さな柄杓から真似事みたいな水をパラッパラッと撒いてから、手を合わせ熱心にムニャムニャと念じていた。かえりしなは丁寧に腰をかがめ、「どなたさんも、火の用心、くれぐれもお願いしまっせえ」と、でっぷりした躰を揺すって帰って行った。

子供の私が身内から聞いた話では、土蔵の中のめぼしい物は、後家さんの入院中に、亡夫の親類筋の誰かがとっくに持ち出していたということだった。

家賃は私が届けに行った。半丁ほど離れた角っこの油屋へ、小学生の私は、月の終りだか初めだか定まった日に、家賃の通帳をもって陰気な店構えのじめっと油臭い大家さんの戸を潜った。

「ぼんはえらいなあ、級長してはるのやなあ」と、ニコニコして色白の後家さんが云ったことがある。たまたま掃除当番の役で、そのしるしの徽章のようなものを私が着けていたからだった。そのとき私はたいへん気を良くしたことを覚えている。

この借家で血縁のほとんどを亡くした私は、家財道具を売り払って身軽になり、下宿へ、アパートへ、借家へと転々した。下鴨でも三度変わっている。

結婚したて、淡路の古い大きな家に育った女房は、借家暮らしというのが合点いかず、都会人はどうしてこんな狭い家にお金を出して住むのか、という顔をしていた。狭い家でも毎日掃除はするが、自分の持ち家ではないと思うと雑巾にも力が入らないと溜息をついたりした。こっちはまたその気持がてんで納得いかず、家賃を払っていれば自分の家と同じで、火事だとか修理だとか税金だとかいろいろ家主はしんどい負担が多いはず、こっちはいつでも嫌になれば出られるし、環境と値段の適当な借家を選んで居を移すという愉しみがあるというものだし……という金の無い者の気楽な気持でいた。

事実、当時は町のあちこちに貸家札を見たものだ。吉田の京大附近では、学生下宿めあての二階三間下三間くらいの貸家が疏水脇にゴロゴロ陰気に建っていた。定年過ぎぐらいの老人夫婦がこうした家を借りて、二階を学生達に貸し三食付きでいくらという工合に、自分達の最低の生活費も見込んで「又貸し」出来るという段取りに出来上がっているらしかった。

こんな話を、うちへ来るアパート住まいの若い人に話しても、ただニヤニヤ笑うばかりで、へえーと驚くほどの反応も見せないのが多い。Nは割合古風な方で、小庭に植える木についてあれこれと、うちの女房とそれこそ猫額大の我家の庭の植物群？の一つ一つに眼をやりつつ興深げに話し合っていたが、フッと気づいたように、私の好みの木は何だときいた。私はすぐ「竹だね」と答えた。テレビ惚けといわれるほど、日頃平均して三時間ほどもテレビを見ていて、コマーシャルの文句までつい鼻唄に出るくらいで、女房から年甲斐もないと叱られるのだが、そのCMのあるシーンに、竹をあしらった閑雅な茶室のような趣のある建物に、和服の美人が一人坐っているのがとても気に入っていて、思わず「竹だね」と答えてしまったものらしい。

何でも手っ取り早いNは、思いがけず二、三日してから、植木屋に黒竹を三本もたせて寄越した。還暦のお祝いだと云う。どこに植えましょうかというので、玄関の前が良かろうと定め、若い学生のような植木屋さんは背の伸びないようにした二米ばかりの黒竹を三本、ほど良い場所に植えていってくれた。

思いがけない黒竹の贈り物を貰って、私はテレビ惚けかも知らんが、いいところで「竹」と口に出た功徳を有り難く身に覚えた。

あと十年ぐらい何とかもって欲しいと思われる、この古い隙間ばかりの壁に囲まれた三間きりの我が借家の前庭に、竹が三本植わっただけなのに、見ためも閑雅な風情が出来上がった。

玄関の二畳に端座して外を見ると、ほんとに風もサラサラと親しげに竹の葉っぱにさわっていくのが見えるようである。テレビのあの和服美人のように、竹の葉のしずかにさやぐ姿を前に、いつまでもニヤニヤしていると、女房が来て、

「……まあ、おじいちゃん、ええカンレキしてはること」とひやかした。


（四十四年十月）

酒の味

酒がのめないのが口惜しいと思うときがしばしばある。まったくのめないのではなくて、まあ盃に四、五杯が限度、それから上はきまって頭痛のもとと、ハッキリ太鼓判で押すように承知しているから手が出ないし、もとより旨くもないし、また躰の方も嫌々をしててんで受けつけない。それで何十年も通してきた。いたし方なくではあるけれど。

いつか化学者のA先生と用事で仙台まで来て、仕事の済んだ晩、やれやれと気も和らいで初めて見る街のそぞろ歩きを楽しんだが、相手は堅物の痩せたクリスチャン学者、ズイーッと街の目抜きを端然と歩調正しく歩いたあげく、ひょいと、「あなたは酒をたしなみますか」と聞かれた。「それがせいぜい四、五杯どまりです」と答えると、「私もそのとおり、しかしそれとてもまったく旨いと思ったことがないのです」と私と同じようなことを云う。

さそわれて割りと大きな、ガランと風の吹きとおるようなさっぱりした寿し屋の暖簾を潜った。

「酒のみの、あの愉しそうな気分の幾分でも理解できないものかと、私はしょっちゅう考えますよ」と学者は酒盃を口にして云う。

「まんさんとして歩を運ぶとか、そうろうとして且つ吟ずるとか、あのまるで魂を遊ばせる境地、あの醍醐味を味到し得ずして人生を畢るのは、いかにも口惜しい気がします」

「まったくおっしゃるとおり、口惜しいですな」と深く私も同感した。

その寿し屋のタネは、土地柄京都なんかの比ではなく新鮮そのものではあったが、どうしてか米の方がしっくりそのタネに添わない大味なものであった。何か「新鮮」のエッセンスを固めたものを喰べているようで、たべものの情愛といったものが薄惚けている感じがした。酒の味がその味の足らざるところの助ッ人になって、飲食の幸が円満に人の心を歓ばせるのだろうが、この場合それぞれにちぐはぐで、何だか首筋が寒くなるような気味合いで、まだ八時過ぎだというのに人影もまばらで殺風景な盛り場を、酔えない者同士また端然と歩いて宿へ帰った。

あのときのA先生の嘆きに類するような嘆きは、私達のめない奴のどうやら共通の嘆きのようである。躰の中を風が吹きとおるようなさびしさをフッと感じる。

酒宴の席でも、バーでも、居酒屋でも何でもいいが、あんまり騒々しく眩しくない隅っこの場所で、ひとりしずかに盃を含んで、この世の最高の微笑の如きものを面上に浮かべているのを、てんでのめず酔えずの私達が見ると、まことに健羨の情しきりに湧くというものである。その真似事でも味わってみたいなと思う。

居酒屋の隅であれ、我家のボロ座敷であれ、一人で愉しみ悦べる酒好きのその法楽の真髄のところを、そのコクとでも云えるところをほんのおつまみ程度でもいいこの身に味わいたいと思うのである。

しかしどうも世間では、一人でニコニコ盃を傾けながら、酒と二人いる楽しみに陶然としている御機嫌さんの絵よりも、テレビや映画では古暖簾の奥で一癖ありげに、あまり楽しげでない浪人風が、チビリチビリとやっているのがよく出てくるのである。苦い顔をしながら飲む愉しい酒というのもあるようであるが、これはも一つその消息を判じ難い。

一度だけ、ずっと若いときに酒をのまされて、ひょいと機嫌のよくなったことがあって、ハハァこいつこの気分だな、と腹の中で会得した気でいたことがある。小心者の私が思いきり歌でもうたいたい気持になったのが、たった一回あるのである。四條の大橋を大股に闊歩して、思わずああいい気持、いい気持、いい気持と三度どなったら、前を行くどこかの女性にキッと振り返って見据えられたので、どぎまぎして首を縮めたという、「たのしい」経験がたった一回ある。

そのときはよほど躰の調子が良くととのっていて、お酒の方に過不足なく気分を合わせてくれたのであろう。このときは五杯分をすこし超えていたはずだったが、すぐには頭痛も何もおこらなかった。気分爽快なりと、自分でもたしかめ得た心強さで元気充満し、思わず顔面の皮膚まで伸びやかに光ってきたようで、心の手足のすらりと延びて屈託なしの思いがしたものである。

たった一回きり。この年になるまで何百回何千回も酒というものを手にして、それらしき高踏放逸の気分の附近に及んだことさえない。とびきり上等の奴をたしなんでも、中等でも下等でも一切同様である。若い頃はそれに合点行かず、乗り出すようにして酒の荒修業？　を幾度か試みてみたが、きまってひどい頭痛、嘔吐、その他生理的に味気ないしっぺ返しを喰らってきた。てんで躰の方の頑固な仕組みが、あのたった一回きりの法楽を許してくれただけで、厳として冷酷に拒否の威儀を正しているのである。

Ａ先生も私と同質の組織で固められているらしく、月に何回とある酒席での修業の機に恵まれながら、いまだに世間並みの酒の判る仲間入りは許されていないようである。酒のみといわれる人種には別してなりたいとは思わないが、酒のうまさ、うまみをいささかでもよしこの身に納得したい願いが、望郷の思いのように湧くことしきりである。

樽酒家貧只舊酒
肯與隣翁相対飲
隔籬呼取盡余杯

杜甫先生を気取る気持はさらさらないが、せめてこの気楽さで、隣翁ならぬ同病Ａ先生と余杯をつくすよろこびを、冀くば天よ、与えたまえ。

（四十五年二月）

陽のあたる場所

「私はひなたに横たわり、そして眠るのが好きであった……」

川端康成の文章にそんなのがある。

私は百貨店の売場づとめをしていた頃、陽のあたらぬ悪い空気と挨の中で一日中の立ち働きだったから、しきりに太陽のひかりが恋しかった。休日で好天気だと心が弾んで、いいことがあるような気がした。陽あたりの良いところへごろりと横になって居眠りするのが何より楽しく思えた。一週間分の悪い仕事場の汚れた空気をすっかり吐き出し、思う存分躰の中に、新鮮な日光を貯めこもうという気持であった。

その頃は街の盛り場を歩いても、電車のゴロゴロ走る音ぐらいで、いまの自動車の数ほどもない自転車が走っているだけで、ちょいと通り筋を離れると、しもたやばかりで、すぐしーんとしずまりかえった家並みの通りに入ることが出来た。ときには謡曲や琴の音がしめやかに聞こえてくることもあった。

街歩きという文字どおりの暢気な散歩が出来た。陽なたに存分にひたりながら、ぼんやり考えごとをしながら歩くことの愉しみがあった。

私は二十才になるやならずで、肉親のすべてと死別したので天涯孤独の身となった。その当初は、道のまん中を歩くとおかしいみたいに躰の中心に重みが消えて、気持がふらふらと揺れるのを覚えた。陽のひかりが真直ぐ邪けんに、錐で頭のてっぺんから刺し込むような感じでひどく辛かった。この世界に、身寄りが一人もいないということが、こんなに躰の調子を狂わすものかと奇妙な気もした。

それでも意地ずくのように、陽のあたる場所を選んで休日は街歩きをつづけた。陽のあたるところは、何だかやさしい音楽のようなあたたかな感情が流れていて、心が素直にあたたまるような感じがしたからであった。

最初の下宿は、岡崎入江町の閑静な狭い通り抜けの路地のようなところにあった。ぶらぶら歩いていて、「貸室あり」と出ていた紙きれが、ひかりをいっぱい浴びて表に貼り出されているのを見たからであった。老人夫婦二人きりの家であった。しずかで陽あたりの良い部屋が念願だったが、私に割り当てられたのは東北向きの二階の六畳で、しずかにはしずかだったが、東に背の高い家の屋根が日光をさえぎっていた。南向きの三畳の部屋は、「家の道具やらを置きますので」ということで空いたままだった。

誰もいないその南向きの三畳に、休日はいつも陽をいっぱいうけてのうのうと寝ころんで暮らした。

家主のおじいさんは無職で、いつもだらりとした長い顔をして和綴じの本を読んでいたが、私の引越荷物が文学書ばかりなのを見てから、「あんさんはシェクスピアを読みなさらんかな」と聞いたことがあった。古典ものに縁の遠かった二十才の私は、まだシェクスピアのハムレットを、当時の流行作家久米正雄が読物風に抄訳したものしか読んでいなかった。

「……何というてもシェクスピアの名言はハアー千古に絶しますなあ！」と、まばらに残った歯を見せて、おじいさんはコホコホと妙な音を出して笑うのであった。そのくせ玄関の三畳の陽あたりの良いおじいさんの書斎には、風流な竹造りの書架に、シェクスピアらしい本は一冊も見当たらないのであった。

おばあさんはお茶の先生で出稽古もしていたし、懐石料理の教授もしていた。ちんまりした小柄の色の白いおばあさんで、その小さな眼が険しく若い人のように光るときがあった。まさきという男のような名前だった。

私の休日は月曜日だったので、その日のお稽古に、名前だけの「お客」として狩り出されることがあった。お客の席に坐っているだけの役だが、お弟子の若い娘さんが一人ずつ起居振る舞いよろしく、しずしずとお茶とお菓子を持って来るのを、じっと見ているだけの置き物の役でしかないのだが、照れやで人一倍恥ずかしがりの私はそれが苦手で、なるべくその役目を仰せつからぬ間にと、女のお弟子さんが来ない前に休日の朝は早く下宿を出て、一とおりお稽古の終った頃をみすまして帰ってくるのであった。

「うちのお弟子さんは、裁判所関係のおうちのお嬢さんが多いさかい、行儀もええし、なかなか躾の良うできたある人ばっかりでっしゃろ」と、おばあさんはいつも弟子自慢をした。懐石のときは、うす暗いうちから起きて台所でゴトゴト用事をしていたが、おじいさんの方は早寝おそ起きの楽隠居で、暮らし向きはすっかりおばあさんに任せっきりという暢気さであるらしかった。

いつもポカリポカリと陽のよくあたる玄関三畳の間の、古めかしい円窓を半分ほどあけて、斜めに机にもたれかかり居眠りしていることが多かった。机の上に朋友堂文庫だったかの修紫田舎源氏が開かれており、その上によだれを落としていたりした。
どんな過去を背負ってきたおじいさんか知らないが、老後の安楽さといったものがそこにふんわりと置かれているような気がして、私は何か心の安らぎのようなものを覚えるのであった。

（四十五年六月）

ある読書

ずっと前に市電の中で、盲目の老人が点字の本を読んでいるのを見たことがあった。

奥さんらしい小柄な着物のこれも年寄りの人がついていて、御主人の横に斜め向きにかけて、その大きくてぶ厚な点字の本が、膝から滑り落ちないように手を添えていた。

私は初めて点字の本というのをまのあたり見たわけで、かなり生地の厚そうな白地の紙に、ぶつぶつと小さく盛り上がった点字が、頁いっぱいに散らばっていて、非常に奇妙な感じがした。私の見た感じでは、老人は大変に速度が速いと思われるような指の動きで、奥さんが躰を乗り出すようにしてほとんど両手で支えているその本を、実に愉しそうに読んでいるように見えた。

昼間の割合に閑散とした市電であったが、乗り合わせた人達も珍しげな顔つきで、この老夫婦の情景を見つめていた。

奥さんの方は、ちょっとあたりに気をかねているような控え目な感じがしたが、盲目の主人の方は、まるで市電の中が自分の書斎の延長でもあるように、実にゆったりと鷹揚な旦那様然とした感じで、文字どおり指さきでスラスラと愉しげに本に没頭しているのが、その様子をじいっともの珍しげに見ている我々の方にも移ってきて、自然と親しみ深いある和やかな雰囲気が、市電の中を浸していくように思われた。私の隣りに坐っていた、元気の良さそうな大工さん風のなりをした中年の男が、小さく深い溜息を洩らしたのが皆の耳に入って微笑を呼んだくらい、この市電の中だけの奇妙なしかし人の感情をいい知れず柔らかく和めるしずけさがあった。

よく見ていると老人は、スラスラと指で点字を器用にまさぐりながら、ある箇所にくるとスッと指をとめて、思わずこちらもそうしたくなるように、ニッコリと会心の笑顔になった。

どんな書物で、どんなことが書かれているのか、このときほど私はその盲目の老人の読んでいる本の内容を知りたいと思ったことはなかった。それといっしょに、この老人の不倖せを救っている、いや劬っているのであろう点字の本と、そして我が儘な？　老人の傍に小さくあたりをはばかるように仕えて何かと老人の世話に気を配っている、ものしずかな老夫人の心づかいに見惚れたことはなかった。

あれ以来私は、点字の本というものをついぞ見たことはなかった。また市電の中を自分の書斎のようにして、悠然と構えて縦横に読書を楽しんでいる人も見受けたことがないようである。というのも私自身が自分の家ではほとんど読書ということをせず、朝夕の通勤電車の中だけが私の読書時間なので、勢い他人の読書風景に眼の届かない点もあるわけだが、たった一人だけ例外があるのに気づいていた。

その人はまあ私と同年輩の、頭のきれいに禿げ上がった眼鏡の背の低い人で、どこから見ても安サラリーマン以上にはふめないなりかたちの人で、私と同じ時刻の市電に乗り合わせるこの人はいつも小型の洋書を、人の眼から隠すように両手で全体を掩うようにして、その上自分の顔にぐんと近づけて読んでいた。

横文字の本をひけらかすようにして小脇にかかえたり、大きくひろげたりして、人前で見てくれがしに読む？　気障な人を昔はよく見たものだが、私の見るこの人はまったくその反対に、何とかして自分の読書姿勢を他人の眼から気づかれないよう、細かく気を配っている様子がはっきり汲みとれたのである。無地のハトロン紙で表紙を隠し、両手で本の全部を掩い包むようにして文字どおり、はためにはコッソリと盗み見しているような形で読書していた。いつか見たあの盲目の老人のような、あたり構わぬ鷹揚な読書姿勢とはまったく逆なポーズで、こっちは誰の注意もひきそうになかった。

初めは私も全然気が付かなかったが、たまたまその隣りに坐ってひょいと傍見したことから、この人の隠し読み？　している本がいつでも洋書であることに気づいたのである。

この人は、市電に乗って二十分ほどのちょうど街の目抜きの場所で降りる。そのへんには学校はない。百貨店、大きな会社、銀行等がかたまっている繁華街である。学校の英語の先生でなければ何だろう、会社員か銀行員か、それとも年相応に地味なというより、もっさりして、くたびれた黒っぽい背広のこの通勤生活者の職業はいったい何だろう、私はこの熱心な洋書の読書家の素性を、はっきり知っておきたい気がしてならなかった。いや、今もそんな好奇心があるのだが、今もって判らない。

いつか偶然その人の横に坐ったとき、両手で隠しているようにしているその洋書の上欄に、その文章の一つの標目をあらわす字がほんのちらりと読めた。強引に横から私がのぞき込んだ成果である。glacier とそれは読めた。勤め先ですぐ辞引を引いたら「氷河」とある。あの人の読んでいた本のある章節に、「氷河」とあることが判っただけではその本の主題はつかめない。小説だろうか？　それとも何か地理的な学問の匂いのする本だろうか？　冒険小説、記録文学、旅行記？

今朝もその実直そうな初老の勤め人は、市電の隅っこの座席で、いつものように両手で隠すようにして、ひっそり例の読書をしていた。私と同じように、それが一日で一番恵まれた大事な唯一の時間であるように。

（四十五年十一月）

勤め人

戦後、私は何度も仕事を変えてきたが、現在の図書館勤めは思いがけずずっと根を下ろしてしまった。それに飛びついた仕事というのではなく、喰い扶持がそこにあったから、近づいて行ったら何となく先方様が釣り上げて下さった形で、いまも人並みに奉公人面して毎日通勤電車に乗っている。そして明治の末に建てられたという木造の、（ペンキだけは何回か塗り替えしたが）古色豊かな大学図書館のずっと隅の方で、押しつぶされた紙魚のように、ひらぺったい躰で仕事をしている。

十七年にもなる。他人は、そんなに長いこと一つ仕事をしてきたのだから、その方のベテランだろうと云う。とんでもない、私はベテランではない。つい手近の「官用」の英和辞典には、Veteran（名）ラテン語 Vetus（＝old）から……と出ていて、いかにも私はどこから見てもoldだが、それより転じて「老練家」だとか「老熟者」なんぞでは更々ない。

失業していたら、近所の親切な大学教授が来て、公務員になったらと云ってくれた。自分の勤め先の新制大学で人手が要る、教務の仕事だがどうか、公務員は給料が廉いが仕事は楽だし辛抱すれば恩給だって貰える。それに何より有り難いのは夏休みのあることだ等と聞かされた。

とにかく喰べていけるらしいというので、女房にせきたてられて、ついふらりと「公務員」というものに初めてなったわけである。

教務係というのをやっていたら、お前は本が好きだそうだから、ちょうど図書館の男が高校の先生になって辞めたので、その穴ふさぎに来い、といきなり云われた。その変わりばなの夏、よその大学でやっている司書講習というのに出たのだが、午前だけ出て午後はサボって……というより午後の分までの聴講費が無かったので、家でゴロ寝をしていた。それで五単位しかとれず、それでもまあ図書館の入口ぐらい潜れるような事になった。

その司書講習の中で図書選択という科目があり、中年ののっぺりした薄い髪の先生が独演のさい中、「ええ、高田保馬のぶらりひょうたんという小説は……」とやったが誰も笑わず、隣りの某県某町立図書館長といった恰幅風貌の老人が、真面目にそれを一言洩らさずノートしているのを見ると、厳粛な気持になって私も苦虫をつぶすことに専念した。

私の講習の結果は八十点ぐらいの点数がつけられて知らされた。その大学で英文学の先生をしている旧い友人に聞いたら、「うちの大学で八十点もらった者はまず秀才だな」とニヤリとされたときは、真冬に冷やしあめをのまされたみたいに、ゾッと気分が悪かった。とにかく中途半端な無資格、無学の中年に足を踏み入れたイキの至って悪い男が、それと似合った古めかしい空気のつまった図書館に勤めることになったのだが、上司にこれも長年外地で新聞記者暮らしをしていて、敗戦後素寒貧になって引き揚げてきたところを拾われたという法科出の初老がいて、このおっさんは（同僚は皆おじいちゃんと陰で云っていた）年中躰中を痒がっていた。

女の司書から「おじいちゃんの機嫌をとるのはむつかしいですよ、洋書の分類よりも」といわれた。

この老人は退職するその日まで痒がっていた。

教務課にいたときは、もと中学校長だった朝鮮がえりの老人や、県庁の役人の奥さんで、この大学にはもう二十年も根を下ろしているという子無しの中年の女の人達が、仕事のきれめに、こよりを器用にスルスルと何本も何本も山のように作るのを感心して見ていた。

私はまた無類の無器用者だから、これだけの芸当をさりげなくする人は、何をやってもソツは無かろうと溜息ばかりついていた。そのこよりで書類を綴り合わすのであるが、その当時でもホッチキスぐらいはあったろうに、未だにそんなもので間に合わせるのは古風なと思うよりも、こよりでピッチリと締められた書類の方が、何か腰が坐っているみたいで、頼もしげに信用がおける気持がしたものである。

それよりおかしかったのは、定年退職の元中学校長が八時半の定刻になるとスックと起ち上がり、あたりをへいげいして、「本日の仕事は、一にあれ、二にあれ、三にあれ、四に何々……」と宣言することであった。皆に云っているのではなくて、自分に納得させ且つ確認しているのであるが、隣に坐っている私は、この妙な癖のある生気潑剌たる老人が、「宣言」する度に、鬼瓦のようにまばらに歪んだ前歯から洩れて飛んでくるつばに辟易した。

もう一人、これも元小学校長の小柄の、聖人のような色白な顔つきの老人がいたが、この人は私達の向かい側に坐っていて、驚くほど几帳面に仕事を整理整頓し、程良く雄弁となり、程良く無口になり、愛想笑いの品の良い人柄であった。寸刻も惜しむという態度にぎこちなさがなく、なかなか机を離れることをしなかった。真冬、部屋の中央に置かれたストーブに、便所に立ちしな、スーッと片手をかざしてあぶり、帰ってくるとその反対の手をまたスーッと一あぶりして席につくという塩梅式であった。この人は小型の提げ鞄の中にカタカナ名前の新薬をいっぱい入れてもっていた。新聞に新薬の広告が出ると、ニコニコして誰よりも先にいそいそと買いに行くということであった。

　帰りの電車の時刻にちょうど都合が良いので、私は定刻十分前に学校を出ることを申し出て、特に課長から黙認されていたのだが、二十年選手の同僚の中年女性から、「一日十分得するとして、一年三百日勤務として三千分、時間にして五十時間、一日八時間労働やさかいざっと六日分の給料、ただもうけでんな、おたくは」と、ニヤニヤ笑いながら嫌味を云われたが、私は平気な顔をして、五時十分前になるとサヨナラと云ってドンドン出て行った。

　元中学校長も、元小学校長も、「ハイ、サヨナラ」と云ってくれたが、中年女はいつでも、こよりをひねくったり書類に顔を隠したりしていて黙っていた。

　教務課から図書館に変わるとすぐ、窓の外に彼岸桜が可憐に咲いた。本の山の間から何度も顔を上げて花に見惚れた。こんなにしみじみと楽な気持で、桜の花を眺めたことはこれまでなかった。横では相変わらず、年中痒がっている外地帰りの元新聞記者のおじいちゃんが、私に教務課からもらってこさせたこよりで耳の穴をかきながら、気持よさそうに眼をつぶっていたりした。

（四十四年十二月）

昔のオアシス

いまはめったに歩きもしないが、昔の新京極は私のオアシスであった。そのオアシスを想い出すためには私は手っ取り早く、冷やしあめ一杯四銭というイメージをつくり出せばよい。

その店の冷やしあめを、コップの三分の一ぐらいも飲むと、ジイーンと頭の芯までしびれてきて、たっぷり時間をおかないと、もうそのさきがどうしても飲みきれないほどである。錐でキリキリと穴をうがたれるような甘い冷たさに脳髄が痛み、電気に打たれたみたいに身ぶるいまでしたものだ。

その氷店屋は、六角通りの突きあたり、和泉式部寺の隣り、誓願寺さんの横にあった。軒の傾いたような、みすぼらしい汚ならしい小店ではあったが、私の知っているどの氷店屋の冷やしあめより格段によく冷えていて甘かった。

薄いガラス板を一枚、コップの上にのせて衛生完備という立て前の、当時の最も庶民的な清涼飲料水であった。この一杯四銭也の冷やしあめは、文字どおりあめ湯を氷で冷やしただけの芸のないのみものだが、子供にも大人にも相応に人気があった。

だいたい当時の相場で三銭というのが、この店は一銭高いだけに分量もちょっと見に多いようで、他とは比較できぬぐらい氷の方を勉強してあったようである。

映画発祥の地の京都の、その映画館（当時は活動写真）の目白押しに並んでいる新京極の目抜きの場所に、私のオアシスがあったわけだ。大好きな映画見物のかえり、この氷店屋で一杯四銭を投じて暑気を払い、生き返ったような気持になってまた西陽をまともにうけて、少年の私はトコトコ歩いて家路についたものだった。

新京極の裏に第二京極というのがあり、この狭い通りにも二番手の映画館が二、三軒と芝居小屋が一軒あり、ここにも私達のオアシスが一つあった。第二京極を入ってすぐの、更に狭い路地にあるきたない暖簾のぶら下がった一銭洋食屋である。

一串一銭の洋食である。串に通した糸屑よりまだ細い肉に、たっぷりメリケン粉をまぶしてそれを客の前で揚げるだけのものだが、この三十米たらずの狭苦しい路地には、射的場のほかはみな一銭洋食屋ばかりで、暖簾の下から立ち喰いしている客の胴から下が、ずらりと見渡せた。プーンと鼻を打つ安っぽい油の、あのギラギラした眼にしみいるような臭い、私はしかしこれが大好物だった。

店のおやじが揚げたしりから、長い箸で器用にはさんでピョイピョイと油の前の金網に投げ出すのを待ちかねるようにして、埃や天ぷらの衣のかけらが、どんよりと浮きつ沈みつしているソース丼の中へヅンブリ浸した奴を、こっちから顔を持っていってあんぐり口に入れキュッとしごく。ジュッと口の中でもみ合う薄い肉のソースまみれの洋風天ぷらの味。たちまち五本や十本片付いていく。

一銭洋食を初めて教えてくれ、それを奢ってくれたのは、隣家の染物店の丁稚だった私より三ツ四ツ年上の多助さんであった。

「まあ、たべてみ、こないすんのや」多助さんは食べかたの見本を示してくれた。熱つ熱つの串が冷たいどろりとしたソースにつかって、ほどよくさめて、大げさな衣にくるまったそのみすぼらしいほどの毛のような貧弱な肉片れが、アッというまもなく舌の上に消えてしまう。

それは実にあっけないほど旨かった。二串、三串、五串目で多助さんは、「もうええ」とまだ揚げたての串に手を出そうとする私をとめた。たべた串の数を揃えて、自分の分と私の分とを合わせて、「おっさん、十本や」と、紐でぐるぐると巻いた胴巻を懐から出して、大事そうに十銭玉を一つ多助さんは台の上にコチンと置いた。

一人で二十本ほど串を並べてまだたべている人もあった。その人みたいに早う大人になって、いっぺんに二十本もたべられたらええなあ、つばをのみこんで小学生の私はそのときつくづくそう感じた。おそらく子供の腹いっぱいにたべようとしたら、誰だって五十串ぐらいは平気だろう。それほどに、あの小さな十五糎もない串に、まるで虫が這うようにみみっちい肉らしきものがくっついているだけなのである。それにたっぷりメリケン粉をまぶし、それが油揚げで膨れあがると、それだけ中味の肉片れまで膨れあがっているような気になってしまう。

京都の中京の町内では、日々のお惣菜に、天ぷらという番組《メニュ》みのなかった頃である。よほどハイカラな家庭でなければ、ソースなど用いなかった時代である。一人前の洋食やスキヤキ等ふだんは思いもよらない丁稚や小僧さんや働き人《はたらきど》にとって、それはハイカラな身近にあるお手軽西洋料理？　なのであった。

第二京極で割引十銭の活動写真を見て帰りに、一銭洋食を十串喰ってかえる、これが丁稚の多助さんの最も楽しい休日の内容だった。「眼玉の松ちゃんの活劇見たあとは、何やしらん、一銭洋食が食いとうなんのや」多助さんはいつもそう云っていた。「一銭洋食の肉は、あれは犬の肉やいう奴がいよるけど、そら嘘やで。あてらほんまに、あこのおっさんが牛肉屋で牛肉仕入れとるのを見たんや、ほんまやぜ、犬の肉やったらあない旨いことあらへんやろ」

初めてひとに自分の大好物を奢って、さだめし鷹揚な気持になっていた丁稚の多助さんは、かえりみち何べんも私にそんなことをくどくどと云いつづけた。

だいぶん大きくなって、小遣いに月五十銭も貰えるようになった時分、一人で第二京極の路地裏のあの一銭洋食屋へ出かけたことがある。そのときはもう軒を並べていたのが一軒きりになっていた。十串ほどたべてみたが、多助さんと一緒にたべた小学生の時の味ではなかった。ソースをなみなみと入れた丼鉢には塵一つ浮いていなかったし、前は立ち喰いだったのが、こぢんまりと尻のまるい椅子が置かれていて客は私一人だった。仰々しくコック帽をかぶったおやじが、ぶあいそうな顔つきで串に肉をさしていたが、その肉のいたいたしいほどの貧弱さは前とすこしも変わっていなかった。

大正の終りから昭和初年の、失業者が街中にあふれていたあの頃である。

（四十三年十二月）

ある日

赤山明神あたりの細い町並みの通りで、小学校がえりらしい女の子の二人連れに、道を聞いたら小さい方が、「知らん」とつっけんどんにプイッと顔を背けた。ちょっと間をおいてから、もう一人の背の高い方が、「うち、知ってる」と、こっちにそうっと顔を向けた。

「あれ見えるやろ、あの赤い看板に、パンと書いたあるやろ、あのパン屋さんの店のとこ、ぐるーっと曲がって行くのや」

小学二年生ぐらいか、背のびしてずっと向こうの、そのパンと書いてあるらしい（私には見えなかった）看板の方を指して、用心深そうに云った。それにつられたように、さっき「知らん」と素っ気なく、プイと横を向いた小さい方が、「そうや、そうや、あのパン屋さんとこ曲がって行くのや。あのパン屋さん、ケーキも売ってはるえ」と、今度は安心したような明るい声で教えてくれた。

ようよう私の眼にも、そのパン屋さんの看板が見え出した頃に、連れ立った女房がプッと吹き出した。どうやらあの女の子に警戒されたらしいと云う。

このごろひんぱんにおこる子供の誘拐騒ぎで、めったなことで、大人のおっちゃんやおばちゃんにもの云いかけられても、知らん顔してなあかんえ、甘い顔してついて行ったらあかんえ、と口喧しく子供達に云い聞かせている親達の顔を想像した。

小さい方の女の子は、こっちが口を利くなりすぐ親の云いつけどおり、「知らん」とソッポを向いて警戒した。大きい方の女の子はその間にこっちの様子を素早く観察して、これならその要なしと緊張をゆるめて、「うち知ってる」と答える気になったものであろう。女房は、初めの女の子が、「知らん」と甚だぶあいそうに答えて、プイと横を向いて、「めったなことで信用せんぞ」といった意志表示の仕方が、いかにも子供っぽくて可愛らしかったと、何度もそれを繰り返して笑った。その子も、年上らしいつれの子が気を許したと見るや、すぐひらりと気を変えて、「パンのほかにケーキも売ってはるえ」と教えてくれたのである。私も女房の笑顔につられて笑った。

まだアメリカから帰ってこない孫娘のことを思っていたにちがいない女房が、かえり道でまたこんなことを云い出した。うちのユミコが、デパートのおもちゃ部で眼をキラキラさせて見ていて、ときどき自分の気に入ったのを見つけだすと、大きな声で、ばあちゃん、ばあちゃん、見てッ、見てッと叫ぶように、あの思い余った頓狂な声で、見てッというあの気持が今日「判った」と云う。

詩仙堂からぐるぐる知らない道を遠廻りしたかたちで、人伝てに聞いた赤山明神にやっと辿りつき、その人気のない日暮れ方の神社の楓に、近頃めったに見たことのない大きな夕陽があたっていて、思わずあーあと溜息が出る前に、「見てッ見てッ」と、うしろに立ちつくしている私にその女房が叫んだのである。

見ていて実にぐったりするほど見事な色彩の交歓である。青も赤も色の不出来な葉も樹も土も、それぞれが自分の持ち分を、でっかい夕陽の前に精いっぱい存分に出しきって屈託なしの構えである。紅葉しつくした繊細な、笛の音のさざめきのようなみずみずしい赤。土のぬくもりをすぐそのままの形にして見せているような青、その赤や青やいろいろな色の層にしみ入るひかりの重なり、陽があたるとそこから音楽が生まれる、いろいろな音楽、色や匂いや夢や生や死や……そんな感じがいっときに心を浸す。ワッと叫び出したいような……。

すぐ誰かにこの気持をあびせかけることで、もっと自分をevolutionしたい感情がサッと鮮烈にほとばしるものか、幼児が素晴らしいおもちゃで、思わず「見てッ見てッ」と叫ぶたびに、おばあちゃんの方は、それをすぐ「買って買って」に大人の思惑ですりかえてしまうものだが、うちのおばあちゃんは、今日初めて素直に子供の心で見てッ見てッと叫んでしまった。

「見てッ見てッ」と思わず自分で叫んだことから、幼児の気持との深いつながりを発見して、うちのおばあちゃんは、遠いアメリカの久しく見ることとも抱くことも出来ない孫娘とのつながりを、しぃーんと一層深く強くしたようである。私もそうなのだが。

その孫娘は今年のクリスマスを向こうで迎えてから、寒いこちらの正月に帰って来るらしい。ときたま母親がローマ字で書いてくる便りから、孫娘の匂いをかぐようにして、うちのおばあちゃんは帰って来るのを一日千秋の思いで待っている。

こっちからもローマ字で書いてやる手紙の中に、孫娘がよろこんで見ていたテレビ漫画のムーミンの絵を書き添えてやったら、「ムーミンの絵は、ユミコが大よろこびでした。おじいちゃんは上手な絵かきさんです」とあったのを読んで、おばあちゃんは「アレ、私が画いたのをまちがえてる。ええことはみなおじいちゃんのせいにする。わりが合わん」とおこった。

今度出す手紙には、「あのムーミンの絵は、おばあちゃんが画いた絵です。おじいちゃんではありません。ユミコにこのことをくれぐれもまちがいなくそう云っておいて下さい」と、ローマ字で書き込むんだとムクれた。

大きな夕陽に染まった美しい樹の姿に、思わず、見てッ見てッと孫娘と同じように叫んだあのことは、手紙に書くとは云わなかった。

（四十六年二月）

時の流れ

風邪をひいて三日つづけて勤めを休んだ。

その間中、雨が降ったりやんだりした。こっちもねたり起きたりした。もうすぐ退職の手前で、ずるけ休みのように思われるのが癪と思うが、どうも躰の方で無理せんでもええやないかと調子を下げているようでもある。

それに甘えた恰好に、ねたり起きたりのこのだらけ方にも、どこか痒いところへスーッと指の先が触れていくような気持良さがちょっとある。

こんなに悠長な構えで、曇った空や、ビタビタ降る雨のしどけない音や、ときたまキッキッと鋭く鳴いてとんでくる小鳥の声やを、見たり聞いたりしたことがない。時間というものは手にとれないが、眼や耳で、時間を背負うて歌ったり飛んでいったり降ってきたりするものの在り方を、とらえることができるような気がする。

時の流れとか、時の移りかたとかよくいうが、それがどこか自分を外に置いて流れていくもの、移りゆくものとしてとらえられるのが普通のようである。自分に何の責任もないという感じである。

ところが今の自分には、それこそ他人事でない感覚で、躰のこまかい細胞の一きれ一きれみたいなものが、ふっとはがれて、ひらひら風に舞うようにして、虚空に散っていくような感じである。

年をとるとこんなことで、時間について現金なものになるらしい。太宰治ではないが、この世での真実は一つ、すべては過ぎ去るということ、それである。キッキッと鋭く短く叫ぶようにして、ときおり家の小さな庭の上をとぶ小鳥の、その神経にひびくような叫び方にも、目方にしたら何グラムというような時の重さをのせて消えていく何かを感じるのである。

その何かが、私には適確にいいあてることが出来そうでいて、それがなかなかにもどかしいほど口に出てこない。怨念のようなもののつまった焦燥感のようでもあり、焦燥どころか、何か気前のよいスッキリとした、損得はなれた解放感みたいなものが、そのはがれた肉体の、見えない細胞の一つ一つにつまっているみたいな奇態な感じの時もある。

ときどきこんなことを想い出す。私の祖父は七十才を越して亡くなったが、その二、三年前、奥の部屋でいつも大儀そうに煙管でたばこを吸ってばかりいたが、小学生の私が絵本をもっていって、読んであげようかと云うと、うんとうなずく。得意になって読みだすと、ポカンとした表情のまま、うんうんとうなずいている。一、二時間たって又奥の部屋へ行くと、所在なげにやっぱりたばこを吸いながら、狭い庭の方をぼんやりみている。絵本を見せて読んであげようか、と聞くとうんと云う。悪戯心を出して、今度はさっきの文句の意味を逆にして、出まかせを読んでやると、祖父は前と同じようにうんうんとうなずいている。私はこれを何べんも繰り返したが、どんな間違った大人を小馬鹿にしたような読み方をしても、祖父はただうんうんとうなずくだけで、子供心にもだまし甲斐のない遊びに終ってしまった。

祖父がひどく苦しんで亡くなったあと、私はこの遊びがひどく気になった一と時があった。悪いことをしたという気持で、誰も見ていないとき、お仏壇の前でしおらしく何べんもお辞儀して手を合わせて拝んでみたりした。

そんな遠い思い出が、ひょいと何のきっかけでか、ありありと昔の古い職人の家の陰気な奥の間の、しめった畳の匂いまで見えるように目の前に浮かび上がってくることがある。

祖父はそのとき、ずいぶん時間をもてあましていたような顔だったと今にして思う。誰がそとからどんなちょっかいを出しても、それにチラとでも眼を向けるハリも元気もなく、ただ時の流れのままに身を任している他愛なさだけだったように思える。眼を開いて庭の方を見ている祖父という、ある物体のリズムが、ただうんうんという音で流れる「時間」のさざなみと調子を合わすことに苦心していただけだったのではあるまいか。そんな気がする。しかもその祖父は、病みついて老い耄れもせずずいぶん長く臥ていたが、死にぎわはひどく苦しんだ。

私を一度も甘やかしもせず、(そんな記憶がまるっきりない)、母にも私にも口喧しかった祖母の方は、ねこんですぐまるで吸取紙に水が吸いとられていくような、見ていてお見事とほめたくなるような楽な往生だったと聞いた。時間の流れにうまく乗ったと云えるかもしれない。

すると祖父の方は、あれだけ時の流れに調子を合わす準備行動? をしていて、最後にはそれがうまくいかなかった、といえるのではなかろうか。意地が悪くて、ずいぶん嫁いびりもした祖母の方が、「お見事」だったのはどういう自然の理屈だったのか。

ビタビタと、まるで梅雨のような雨がまだ降っている。その陰気な心の滅入るような雨の音に合わせて、今日の私も甚だ陰気である。ぼんやりと雨に汚れた小さな庭の方を見ている今の私の顔は、もう何十年も前に亡くなったあの祖父の顔とそっくりかもしれない。

（四十六年五月）

自適

勤めをやめて一と月ほどしたら、朝起きるたびに眼尻が赤くなっていて何となく気持が悪い。女房が月に一度ぐらい通っている眼科医院へ行くと、こわい顔をしているが、言葉づかいの丁寧な若い先生が親切に診てくれて、「まあこれは老人性のものでして、大したことはございません」と、気休め程度のものらしい眼薬を五日分ほどくれた。そのとき、テレビの見過ぎでしょうか、それとも本の読み過ぎでしょうか、と探りを入れてみたが、こわい顔をしたやさしい言葉の先生は、いやぁ、そんなことは問題じゃありませんよといった顔をして、「悠々自適でございますな、これから……」とまったく見当ちがいの答えをした。

テレビの見過ぎも本の読み過ぎも私の口からの出まかせで、本音は、どうやら老人性のものだといわれたことが気に喰わなかったような気がする。

積んどくままになっている本も、これからじっくり一冊ずつこなしていけるだろうし、それに家が狭い割りに本が多過ぎるから、読み捨てたしりからどんどん売り払って、すこしは居場所をゆったり拡げてみたいと思っていた。それが「悠々自適」の身分になってもいっこう居場所はゆったりとしない。読み過ぎどころではない。手持ちぶさたの時がずいぶん増えると思われたのに、腰を据えて読書三昧などの境地にはなかなか縁遠いのである。

テレビの見過ぎというのも当たっていない。女房が銭形平次やその他捕物、推理ドラマといったものの固定ファンで、そのおつき合いをするほか、これまでより少しぐらい丁寧にスポーツものを見る癖がついた程度、一日平均にして三時間も見てはいないつもりなのだが、それがひょいと、口から出まかせとはいえ、老人性疾患といわれるより、医者の口から、「……そうですね、読書とテレビをちょっとひかえめにして貰った方が良いようですね」ぐらい云って欲しかったのだろう。

そんなことは、ほんとうはどうだって良いのである。もっと気にかかることは、「悠々自適」の方である。私とは比較にならないくらいどっさり退職金を貰い、その上私の貰っていた月給ほども年金を貰い、私の倍ほども健康で、夫婦二人きりという結構な境地の友人が、「悠々自適」しないで、以前の勤め以上にはげしい勤め人暮らしを続けているのを私は知っている。どうやら「悠々自適」は私のような貧乏人に初めてふさわしいもののようである。

躰の達者なうちは、たとえ暮らしがゆっくりしていても働けるだけ働くのが人間の常道であって、悠々することは罪悪とまではいかないにしても、世間体の良くないもののようである。四十年もあくせく働いてきたんだから、このへんで一服してその一服が十二分に済んだころに、ポックリ死ぬのが私の理想なのだが、舞台俳優が老令になって舞台の上でバタリと往生するのがこの世の華となっているらしいので、生活最低線でも、のうのうしている私のようなのは、どうも見ためがあまり良くないようである。悠々ではないが、自適の暮らしをしているのが肩身が狭いとは私には思えない。何とか喰えれば、何もひ弱な神経をつかって、世間様の中で揉まれる必要はあるまいと思うのだが、といって、喰えなくなれば、そして躰の方の辛抱がきくうちなら、私だってその嫌な世間様の中へもう一度お辞儀して入れてもらわねばならんことは嫌々覚悟しているのだが。それが駄目なら、潔くいっそ市川団蔵式があるというものである。

さっき書いた結構な身分で、まだ汗まみれになって学生相手に働いている友人と、久しぶりに街中でお茶をのんだことがあった。どうしてそんなに働くのかというこっちの質問に、教師歴四十年近いという彼は、それが癖のかなりきつい貧乏ゆすりをつづけながら云った。

「わしも定年退職してしばらくはゆっくり遊んでいたんだが、そのゆっくりが毒なことがはっきりしてきたので、また働くことにしたんだ」そのはっきりしてきた毒というのが「君だから白状するが」と、例の相変わらずの貧乏ゆすりをつづけながら、「ゆっくりしたつもりでいると、これまでの自分のやってきたことをつくづく反省したり思いかえしたりする時間が当然できてくる。それが苦しい。何十年かかって生きてきて、わしには生けるしるしありと思えるものがてんで見つからないんだ。それをじっくり思いつめているとノイローゼみたいに神経が疲れてくる。睡眠不足になってくる。働いて無我夢中のときはてんでそんな自覚が無かったのに、ひまになってくると、ジワジワ首を締めるみたいにそのことが気になって仕方がない。病気になりそうだから、そいつを忘れるためにもう一度働きに出たんだ。学園騒動のおかげで、その後自分のことを振り返ってみるようなひまもゆとりも無くなって、このごろはぐっすり眠れるようになったよ。朝早く出て遠い学校へ通い、そこでさんざん学生や仲間連中にいじめ抜かれて、ヘトヘトになっておそく家に帰って来て、あとは喰べて寝るだけ、我何をなせしか、なんて高踏なことを考える余裕がなくなって結構達者だよ云々」

本性に立ちかえることが、自分を自分の内部からみつめることが怖いということのようである。あるいは、無我夢中に我を忘れて働くということが、彼に与えられた本性なのかも知れない。考えるという仕事の方が、「働く」ということよりずっとしんどいのである。

私の座右にある古い辞書には、悠々は、いそがざるさま、であり、自適は、境遇にさからわず心のいとうちくつろぎてあること、心に不平のなきこと、とある。悠々ではないが自適であると思っていたが、どうやら私はその反対らしい。い、、、い、、そ、、が、、ざ、、る、、さ、、ま、、だけがぴったりしている。

（四十六年十月）

青葉しげれる

　女房が久しぶりに遠方へ外出するので、出がけに「乗りものに気をつけてな」と声をかけたら、ひょいと振り返って、「いま死なれたら困るさかいな」と憎まれ口をきいた。結婚して三十三年になる夫婦である。
　二、三日前、亡くなった友人の追悼会によばれて、故人の好物の川魚料理がでた。皆が賞美する鮎もあったが、私はあいにく川魚を好まない。皿の上に乗せたきりでいっこう箸をつけないので、どうしてだというから、「女房の大好物だからこれを土産にしてやるのだ」と答えたら、主役の未亡人がそれならと別に何尾も折に入れてくれた。
　そんな体裁の悪いことをしてくれてみっともない。他の人が内心笑うてはったやろ、と家で女房にひどくぼやかれた。そんなことに体裁ぶるような年でもないし、相手でもないのだとことさららしく口に出すのも億劫だった。素直によろこんでお前さんが喰べればそれが供養だと、のどまで出たが云わなかった。それも邪魔くさいのである。そんなことは、云わんでも通じ合う相手だと思っていたが、女の虚栄心という奴は、いくつ何十になってもいっこう衰えないものらしい。本心では亭主の肚をのみ込んでいても、いちおうはそこまでかたちをつけておきたいというのだろうが、それがいらざる虚栄心だとこっちは思う。何にしても、外をつくろう体裁の方は、女房の方がはるかに亭主より強い。

　夫婦二人きりの暮らしを馬鹿に羨む人がいる。これもお愛想の一種だと思うときもあるが、本心から感に堪えたように云う人がある。ただ「いま死なれたら困る……」という心配に裏打ちされた、いちばんいい暮らしだと私も思っている。自分の病気をした場合を考えるとそれがはっきりする。それに私は自炊のことなんかとても出来はしない。家事と名のつくもの一切あかんのである。ましてや税金だとか、ああいった計算を必要とする大小の雑事一切、あかんのである。

　こういう雑事の占める人間の暮らしの中での％は、私が予想する以上に多いらしい。それを女房が引っかついで、ここまで何とか凌いできたのである。私にとって女房が私より早く死ぬことは許されないのである。

先日、ある会合で七十五才になった知人と話したことがあったが、この老人は二つ三つ違いの、料理が特別上手で聞こえた夫人と二人きりの質素な暮らしで、中年から始めた油絵をたのしんで画いていたが、別れしな、「この上ののぞみは、女房より先に楽に死ねることだよ」と、何か高血圧者特有のもつれた、甘えたような口振りでそう云った。頬は赤いのに眼に力はなかった。

一人生き残ることの不自由さとさびしさを思えば、女房と競争してまで死に急ぐということにもなりかねない。女房の方は（どこさんでもそうらしいが）、私よりずっと生命力も生活力も旺盛だから、一人残された暮らしに十分たえていける予想はできるが、私のような生まれたときから出来ぞこないの弱虫は、とてもそうはいくまいという自信がある。

大学で英文学の先生をしている友達がきて、つい先日こんな話をしていった。

「私の家の便所の窓に面した隣家のおばあさんは八十ちょっと前か？ もうここ二十年近くねたきりの病人で、足腰の自由はてんできかず、顔の上にとまった蚊を追い払うことさえ出来ないが、口の方はまあまあ人並みにきけた。孫娘が会社に通っている。その出勤時間に遅れないよう、ちょうど目覚まし時計代わりに七時きっちりに、おばあさんは、夜更かしの好きな遊びざかりの孫娘に声をかける。それがねたきりの八十才のおばあさんの生き甲斐になっている。たまには七時前に眼の覚めているときもある。しかしおばあさんの生き甲斐をつぶさないように、孫娘はわざとねたふりをしているときもあるそうだ。

そのおばあさんの声がこのごろ少々怪しくなってきたようで、いつもの七時の眼覚まし時計代わりの大声が、おかしな鳥がキッキッと鳴いているようだと女房が云う。ロレツがまわらなくなってきたらしい。夏の日の真夜中、小用に立った私は、隣家のおばあさんがロレツのまわらぬ舌で歌っているのを聞いたことがある。文句は一切判らないが、どうやらその節まわしでおぼろげながら、それは、青葉しげれる桜井の……という私達もならった尋常小学唱歌だった……」

ねぐるしい真夏の夜更け、二十年もねたきりの老婆が、ひとりぼそぼそと呻くようなロレツの廻らぬ声でうたっている「青葉しげれる……」。

ちょうどその話を聞いた次の日の朝である。私が久しぶりに遠出するという女房に、「乗りものに気をつけてな」と声をかけたのは。そうして、ひょいと振り返った女房から、「いま死なれたら困るさかいな」と憎まれ口をきかれたのは。

（四十六年十二月）

夢の中

夢の中で死んだ人に出逢っても、すこしも奇妙な心にならず応対していることがたびたびある。夢のさめたあと、何となく気持の悪いものだが、夢の中では日常茶飯的な会話を交してサヨナラと云って別れたりすることがあったりする。

その反対のこともよくある。この人はたしかずっと前に死んでいたはずだが、といぶかりながらも話したり笑ったりしていることがある。

夢の中の自然は、人間の連想の可能性を縦横に幅ひろくはばたかせるものらしいけれど、どこかその片隅のある部分で、現実の眼のようなものにチョイチョイ制約されるところがあるのは、人それぞれの個性の蔭がそれぞれの夢の構図におとしかけるためなのであろうか。

珍しく昨夜こんな夢を見た。東京の知人（二年前死去）を訪ねて家の中へどんどん入って行くと、あちこち広い部屋の隅々に一人、二人と人が蹲ってじっとしている。暗くて畳の縁だけが飴のように光っている。知人が来て、低い脅すような声で、お前は裸ではないか、と詰問されたので、私は自分が夏の薄いズボン一枚きりの裸であることを急に恥ずかしく思い、何か上に着る物を貸して欲しいと云うと、知人（いつの間にか知人の奥さんに変わっている）は、これを貸してあげます、と赤い着物を一枚ふわりと投げてよこした。私はその着物の赤い柄色を見て、こんな派手なものは駄目です、私はもう六十才になったのですよ、としきりに禿げ上がった額を叩きながら泣きそうに云いつづけているところから、後ろがぼうーっとかすんで夢見心地からさめたらしいのである。

その知人の奥さんも一年前自殺している。

この夢の中では、死んだ知人夫婦と言葉を交していて少しも奇妙だという感じをもっていない。いちばん印象に強いところは、自分の禿げ上がった額をピタピタ叩きながら、私はもう六十才になったんですよ、と知人に泣きそうになって云い張るところである。たしかどこか晴れがましい会場へ出席するはずになっていて、そんな赤い着物を着せられては大変だと泣きそうになるところが、今考えてみて面白いのだが、ただ、私はもう六十才なのですよと額を叩いてみせるのが、たとえ夢の中であっても、いつもの自分のわざとらしく下卑てみせる道化癖のようなものがのぞいていて嫌な気がした。

夢のある一部分は、自分の性格や癖で創作するものらしいと思うのはこのへんであろうか、と重ねて自分に嫌な気がしたものである。

女房に翌朝その夢の話をしたら、とっさに、「お迎えに来てはったのかもしれん。その赤い着物きてたらあぶなかったかもしれん」と云って笑われたが、笑った本人もあまり気持よさそうではなかった。えんぎの悪いものに触れたくないという顔色をチラと見せた。

十七、八才の頃、何の病気でだか忘れたが、高熱を出して一晩中唸りつづけていたことがある。そのとき見ていた夢はまだ覚えているが、世間でよくいう狐憑きという状態になる前のようで、何か狐狸の類の魔力めいたものが地面の下の方に、私をグイグイ引っ張って行こうとする、引っ張り込まれてしまえばもうこの世に生きて帰れないのだということがはっきり判っていて、ここで魔力に負けてしまえばこの世の終り、そんな馬鹿なことをされてたまるかッと必死にもがき苦しんで、それに抵抗して引きずり込まれないようにするが、相手の魔力はとても強い。どんどん地面の暗い底の方に引きずり込まれて行くのが判る。そのときの私は、これは夢だと判っていたのである。夢ではあるが、こうしたかたちで、狐や狸が自分の今のような病人の躰に乗りうつるものなのだ、ということを感じていた。自分の力だけでは助からないのだという感じといっしょに、夢の外の世界へ飛び出すために大声を出して人の力を借らねばならぬ、それも今すぐ全力をふり絞って叫ばねばならぬというひらめきが走った。

夢の世界から現実の世界へ立ち返るための一筋の道が、いま出来るだけ大声で叫ぶことで、その叫び声に気づいて現実の世界にいる人が手を伸ばして地面に引きずり込まれた自分を助けてくれるのだという確信から、私は精根つくして必死の大声を上げつづけたのだったが、実際にはあとになってからの母親の言葉でいえば、「何やしらん、モニャモニャと寝言みたいに唸ってたえ」に尽きたようである。

それでも、そのモニャモニャは、私の記憶では死と対決した生まれて初めての大叫喚であったのだと思っている。あのとき、ただ妖魔の力の如きものに力弱く引きずり込まれていたら、高熱にあっけなく負けて死んでいたか、痴呆症の類に陥っていたであろう、と今でもそう信じているくらいである。

子供の時に特に多いようだが、夢でよかった、と文字どおりヤレヤレと胸を撫でおろしたことが誰にでもあったことと思う。その中でいちばん大きな奴が、私では今書いた何ともえたいの知れぬ気味悪い力で、あの世へ引きずり込まれようとした夢である。

　しかしめったに私は夢らしい夢を見ない体質のようである。勤め仕事をやめてから、朝昼となく眠気を催すと、このごろはすぐごろごろと寝ころがる癖がついた。ほんのわずかせいぜい二十分ぐらいなのだが、その二十分の間、「大きないびきをかいていた」と驚くように女房に云われる。

　大いびきをかいてものの二十分ぐらいでも、純粋？　に眠れていたのか、と思うことが私にはとても嬉しいのである。これまで、いびきをかいたといわれたことも無かった。それにいつでも眠りが浅く、夢ともいえぬ夢のかけらのような水っぽい、浅はかなともいえそうな、食べものでいえば粗雑な材料ばかりで下手に作ったような、そんな睡眠しかとれなかった虚弱体質なのだった。それがたとえ、えんぎの悪いと女房の思うにしろ、ちゃんと筋書きみたようなものもある夢らしい夢を見たり、昔の立川文庫に出てくる豪傑、あの眠ると必ず雷の轟くようないびきをかく豪傑みたいにいびきをかいて、たった二十分間でもぐっすり眠れたりすることが、これまでとは違った、ちょっとした別世界へ出て行けたような新しい気持がして、何となく悪い気のしないこの頃である。


（四十七年二月）

すずしい風

マリ・ローランサンは死ぬ間際に、「わたしが死んだら、会いに来ないで欲しいわ」と云ったそうな。そのローランサンの絵の展覧会があって、切符をもらったので出かけた。最後の日だったためか、大変な賑わいでほとんど人の肩ごしに覗くという塩梅で、能率的に見て動くことばかりに気が入って、ゆっくり楽しみがてらの観賞とはいかなかった。

七十一才で死ぬまで、ほとんど同じあの淡い夢見る乙女の姿を描きつづけた絵かきさんであったようだが、何にしてもずいぶんお婆さんになってもいっこう変わらず、「夢見る乙女」風の画家で通したらしいから、その本性というか根性のしたたかな女であったと思われる。

倉敷の美術館にたしか一点あるカリエール、あの物思うひとの絵の画家カリエールに師事していたというから、ああいった夢幻風なしずかで美しい調子の画風になるのは自然であったように思われる。もっともカリエールの方は、少々うす暗い、どこか神秘的な匂いがするけれど。

ローランサンのその人となりや、生活のあれこれ等、伝記的なことは皆目知らない。結婚したのかどうかも知らないし、（展覧会の会場に画家の生涯を略記したようなのが、近寄らないと読めないほどの字で書いたのが出ていたが）その暮らし向きもどうだったのか、大事なことも調べてみたらその画風に関連していろいろ面白そうだが、いまのところその気持はない。とにかく、その人の最後の言葉だけにちょいとひっかかったわけで、「わたしが死んだら、会いに来ないで欲しい」という言葉だけのぐるりを、廻りにどんな人がいたか判らないが、果たしてどんなふうにうけとったものか、と思うだけである。

あるいは、若いお弟子さんやファンがその廻りにじいーっとその最後を見守っていたのでもあろうか。（どうしてだか家族のことがちっとも浮かんでこない）

「あなたがたは若いのだから、自分を慕って早死になんかしないで下さいね」それとも、「自分の死後の醜さをどうか見ないでおくれ」、というような意味であったろうか、たぶんあとの方だったろうと思われてしかたがない。そうでないと、あの「夢見る乙女」の画家らしくない気がするのだが。

　ローランサン女史はしばらくおき、河盛好蔵氏訳の「最後の言葉」（C・アヴリーヌ著昭和三十四年六興出版部刊）という本の中には、各国有名人士のそれが色とりどりに記録されていて、小説以上に人間的興味にあふれている。ゲーテの、これは誰もが知っている、「もっと光を」というのは、死の訪れが近くなって、視界がだんだん暗くなって、あたりが見えなくなったゲーテが、窓を開けてもっと光を入れてくれ、という意味だったようだし、あの孤独と悲哀と病気を背負うて、創作力も涸渇した満身創痍のアルフレッド・ド・ミュッセの死の床の言葉が、「……眠れる……やっと眠れる……」だったというのは、この世の苦悩の果てをへめぐったその詩人の生き方を知るも知らぬも、誰の胸をも搏たずにはおかないだろうと思われる。

　日本の知的上層社会には昔から辞世の歌というのがあって、生前からちゃんと一通りのものを用意しておくのが武士としての、あるいは知名人のたしなみであったというのを聞いているが、これなどは現代風におきかえると、気に入った場所を買い取り、気に入った墓石に、戒名までも好みのままに前もって準備しておいて、さて安心立命している旦那衆の顔を思い出すのと似ているところがあるようだ。

島崎藤村は、その死の直前に、「……涼しい風が吹いてくる」と云ったそうだが、終始はかま羽織で端正に人生を慎重に歩いたような藤村が、最後にホッと肩の力を抜いて、やれやれ、これで一服と感じたような、その最後の寛ぎの眼つきまで見えるようである。

すずしい風が吹いてくるあの世で、藤村はどんな眠りを眠っていることだろう。

死ぬ直前に、基督教の洗礼をうけクリスチャンになって瞑目したと伝えられる正宗白鳥は、どんな……等と考えるのは、これもこの世の側にいるものの、そしていっこう涼しい風も吹いてこない場所にいる愚かしい閑人の妄想の一つかも知れない。

今日は朝から、まるで梅雨どきのような雨がじとじと降って、ひどく陰気で冷たい。親しくしている一軒おいて隣りのT家では、大工さんが入っている。この大工さんは五十年輩で昔気質の凝り性というのか、ほとんど一服もせずにこの雨の日にも根《こん》をつめて働いているのがよく聞こえてくる。T氏の書斎の奥にもう一つ、来客を泊めるための部屋を増築しているのである。つい二、三年前、T氏は六畳の書斎が手狭になったので八畳に拡げたが、それでも書籍が溢れ出しそうになってきたので、今度増築する来客用の部屋にも、建て付けの本棚をぐるりいっぱいに造ってもらう段取りだと聞いた。

そういえば私と古女房二人暮らしのこの狭い三間きりの家は、ほとんど月に二、三回は泊りがけで来る孫達とその両親にとっては、あまりに狭苦しすぎる。来客用の部屋を建増しできるほどの器量はとても無いが、飛んだり跳ねたりの孫達から逃げて一服出来るほどの部屋（場所）を何とかひねり出そうと考えついたのは、私でなくて女房の方だった。この年令《とし》になるまで、書斎と名のつく個室を持つゆとりも無かった私を憐れんだのかもしれない。

ほとんど女房だけの才覚で、とにもかくにも、机を一つ置き私一人が手足をのばしてねられる二畳ばかりの部屋を、便所の隣りのちょっとした空間にこしらえようときまったのは、つい最近のことである。それを頼む大工さんがいまT氏の家で、せっせと実直にむっつり働いている音が聞こえるのである。

この年令になるまで何一つとりえのある仕事が出来なかったのはその「書斎」が無かったからだ……という口実を私から取り上げようとする女房の悪知恵かもしれない。にしても私は有り難いことだと感涙に咽ぶ如しである。仕事がどうのこうのというほどの、これも文字どおりその身分ではない。私に有り難いのは、たとえ便所にくっついた狭苦しい場所でも、机一つ蒲団一枚おいて、気兼ねなくいつでもごろりと行儀悪くねころぶところが出来るということである。病気になったら、誰にも顔を覗かれずに臥ていられる場所が出来るということである。

もう一つ嬉しいことは、藤村ではないが、「……すずしい風が吹いてくる……」といえる、落ち着いた、私きりの安息所が出来るということであろうか。

（四十七年四月）

書斎の幸福

書斎が出来てしまうと、その二畳半の畳のまあたらしい匂いと、まっさらの障子でくっきりと区切られた（但し便所わきの）落ち着いた小天地の中にひっそり坐っていると、さて、何もすることが無くてソワソワしてくる。

書斎、生まれて初めての書斎が出来たら、あれもこれも少しずつ手がけて行き、毎日がささやかながら充実して頼もしく、いや、頼もしくなくとも自分なりのいささかの満足感みたいな、やっぱり充実感といったものか、そんなものがしょっちゅうあるように思っていたのだったが、さて立派に？　出来上がって、その新出来の小宇宙みたいな我が部屋にでんと坐っていると、ソワソワしてくるのである。

あれもこれもというのが、どんなあれであり、どんなこれであるのか、それが皆目判らない。どんな、成すべきあれこれがあったのか、あったような気がしただけで、実は何にも無かったのであろうか。二十年間、いやもっと前からのざっと四十年の勤め仕事の間、毎日この時の来るのを願ってばかりいたのだったのに。

勤め仕事がなくなって、念願の自分の部屋がまがりなりにも持てて、そしてまあ何とか最低線ぎりぎりではあっても、その日暮らしが出来る境遇（それを何十年も希求していた）、その境遇にいまやすっぽり自分の躰がはまって、ああ嬉しやと思った瞬間から私という奴はもう何をする、いや何をしたらよいのか、何もしたいとも思わなくなり、そう思うことが今度は罪悪のようにも思えてきて、そして手も足も出ないほど何もすることがないらしいのである。

ときどきその状態の阿呆らしさに笑えてくるときがある。過善症という心理的な病気のあったことを、（何の本で読んだのか）思い出す。いいことがあればあったで、次に来るその反対のことを予想して心配する病気、つまり悪い状態にいるときの方が、人間万事塞翁が馬の例えどおり、次に来る良い状態を思うことで気がまぎれるといったふうな禍福を逆にうけとる形のちょっと複雑な心理状態になる疾患とでも云おうか、その過善症なる病気を思い出す。あれと同じかなと思う。

虚しさの底の方でニッと笑っているような腹の冷たい笑いである。これがひょっとしたら幸福という奴の別の顔であろうかと思う。手持ちぶさたの幸福という奴かもしれないと思ったりする。

高橋義孝氏の随筆の中にこんなのがある。

「古いノートを眺めていて思った。三十年も昔のノートの頁を繰ることが出来るというようなことが、実は人生の幸福というものではあるまいかと。幸福とは、そういう静かな損にも得にもならない、少しばかりもの悲しく、しかしまた少しばかり満ち足りたような感じを伴った何かではあるまいかと。」

書斎につけて貰った小さな天袋に、一番にしまい込んだものは、一度まとめて焼いてしまうつもりで書棚の奥から引き出した古日記、古ノート類の大束である。未練が出て焼けなかった。書斎の新しい畳の匂いにニヤニヤしながら坐って、さて一番初めにひょいと手にしたのが、その古ノートの一冊である。

三十年も昔のノートの頁を繰ることが出来るというような、そのようなことが出来る境涯、になったということ、少しばかりもの悲しく、しかしまた少しばかり満ち足りたような感じ……高橋義孝さんのいうような、これが空しさの底の方でニッと笑っているようなこれが、ひょっとしたら幸福というものかもしれない……。

たまたま開いたその古ノートのある頁に、長男と母親の戦時中の会話が書いてある。

「……ボク、もうお腹ポンポンになった」
「まだ一膳しか食べてへんやないの。ほんとにもうポンポン？」
「お母ちゃん、嬉しいやろ」

その長男が今はもう三十二才、二児の父親になっている。つい二、三日前、次男の婚約者が初めて家へ来たとき、皆の前で何気なく喋った座を固くしないための私の下手な冗談で、初めてその娘さんが笑ったとき、

「こんなおかしなおやじですが、今後共どうぞよろしく」と、改まった様子で如才のない挨拶をした。こいつ奴、と心中いささか私は面白くなかったが。

古いノート、古い日記帖、それらを一まとめにして皆んな焼いてしまうつもりで、本棚

の奥から埃といっしょに持ち出してみたものの、未練が出てそれが出来なかった、と書いた。その未練というのは何だろうと思う。さっき書いた高橋流の幸福観につながりがあるのだろうか。たぶんそうだろうと思う。今と昔を想うて懐かしむ。いやもっと露骨に云えば、昔のことを今に較べて、その幸不幸をはかるための材料として大事に残して置きたい気持、と書いてしまえば、はっきりそうじゃないという内心の大きな声が云う。その声にもうなずく。残して置きたいというのは、生きてきたという証拠がためみたいなもの、幸や不幸とは関係なく、この人生にしがみついて生きてきたことのしるし、記録、資料、手形、又は自己満足のための……。

何はともあれ、大工さんが出入りしていたとき、木ッ端等を燃やすための火桶の中に、少しずつ投げ入れて灰にしてしまうはずだったものを、何となく物惜しみして残しておいたおかげで、少しばかりもの悲しく、しかし少しばかり満ち足りたような感じを伴った何かを味わうことが出来たのである。

その何かを吟味する必要があろうか。そのために、ソワソワする必要がどこにあろうか。そう思って私は下腹に力を入れ、もう一度坐り直し、煙草を一服つける。まっさらな安手の合成板の天井に、もやもやとまっすぐ煙が薄くのぼっていく。しずかである。まあ、こんな工合のもんだろう、と私はひとりごとを云う。そうだよ、まあ、そんなもんだよ、ともう一人別の声がそう答える……。

（四十七年七月）

音

褐色《かち》の根府川石に
白き花はたと落ちたり
ありとしも青葉がくれに
見えざりしさらの木の花

これは鷗外の有名な詩「沙羅の木」というのだが、この中の「白き花はたと落ちたり」のは
た
といういうのは、漢字にあてると磕にあたるのであろう。
漢和大辞典を見ると、磕《タウ》、国訓ハタト、と出ている。はたと思いあたるとか、事の行きつまるさまであるらしい。

はたという擬音は、はたと手を打つのはたと同じようであるが、この詩の場合は、閑寂な自然のおともしもなき音であって、礚と手を打つ音のようなはっきりした音ではなくて、はたと思いあたる方の音であろう。それにしても無音の音とするには上乗の詩句、詩語ではなかったようにも思えるのだがどうだろう。

もちろん現代詩の場合は、こういった古風な言葉の使い方はめったに見られないが、はたの語音に慣れて鷗外が気軽に使ったのかもしれない。擬音でなくて心音？　とでもいうのか、この種の言葉はそれがもし心音とでもいうのなら、外国ことに英詩の世界ではどんな言葉があり、どんな取り扱いがされているものかちょっとした興味がないでもない。蜂の鳴きごえがぶんぶんであるのが、英語ではbuzzであったりする類の単純な比較ではなく、その心音の方の心当たりが知りたいのである。

こんなことを書き出したのは、つい先年故人の遺稿集を出す機会があって、その残されたシナリオ原稿（時代劇で映画化された）の中に、ある武将が陣営の中である事を思いつき思わず、「礚と手を打った」という文句が出てきたのを読んだからなのである。いかにも一昔前の時代劇作家の使いなれた言葉らしい。

そういえば、私達の昔、少年の愛読した立川文庫のおきまりの文章の中には、たしかに

「礑と手を打つ」式の常套的なものが沢山あったのである。講談式の豪傑の笑い方が一様に、「カンラカンラ」であったりする。あのカンラカンラは笑い声の音だけでなしに、頭を上下左右に大仰に振り振り笑うときの、云わばスケールの大きい巨人的所作とでもいうのであろう。歌舞伎芝居の舞台で演じる誇張された笑いの型の変種でもあろうか。

それにしても、はたといい、カンラカンラにしても、それがはたとなり、カンラカンラという音に定着するまでの経路がどのようなものであったか、誰が「はた」と気づき、誰が「カラカラ」の間に「ン」を置いてみる工夫をしたものか、その「カンラカンラ」と音の見当を見定めるまでの、そのへんの機微が私には興味深く思えるのであるが。

私の知っている三十才を二つ三つ過ぎた詩を書く人が、京都の葵まつりに出る牛車《ぎっしゃ》の車輪の音を、ルラン、ギャロワ　ルラン、ギャロワと表現した。

おろおろと　土煙の向うに
牛車がゆく。
ルラン、ギャロワ
ルラン、ギャロワ

昔が見える。

……………

こんな調子である。単純に誰の耳にもあの音はゴロゴロとしか聞きようがないのだが、この詩人の中古文学趣味のかった発想では、どこか仏蘭西語めいた音階のなめらかさで、賀茂まつりの牛車は滑らかにルラン、ギャロワと歩むようである。朔太郎の有名な、あの鶏鳴のオノマトペア（擬声音）の、「とうてるもう」の類型でもあろうか。とても尋常では、コケコッコがとうてるもうに聞こえたり、牛車のゴロゴロが、ルラン、ギャロワと響いてきたりするはずはない。これも心音というほかはない。多少の作為はあろうけれど。

久しぶりに今朝は早くからしずかな雨が降っている。小さな書斎の前の小さな庭地に植えた竹の葉っぱに、しずかな雨が降っている。その葉っぱがふるえている。風はほとんどないのだが、あるとしもなき風と雨が竹の青い葉っぱの上で微妙な音をたてている。それは私の耳に、時にはササラン、ササランというように聞こえ、時にはチホン、チホンというようにも聞こえる。

それを紙の上に文字として、ササランと書きチホンと書くと、これはおかしいと思う。

字のかたちは音のかたちを崩してしまう。どれだけ音のかたちに似せようとしても、文字のかたちは漠としてとりとめもなく、音のすがたをとらえる力がない。耳の中でとらえた音が心の中を通りすぎるまでに、それがあった音のすがたは脆く崩れてしまうようである。

ちょうどそれは夢のようなものである。こんな夢を見たといっても、それを証拠だてるものは何もないのである。他人にとって、その夢を真実見たのかどうかを判別することはできない。私の聞いたササランの音は、他人の耳にはサラサラだけだったかもしれない。チホンでなくて、気の弱い老人の呟きのようなホンホンだけだったかも判らない。しかし、しずかな六月の雨は私の小さな庭の貧弱な竹の葉っぱに、まるで音楽の一しずく一しずくのようにある種の微妙な音をたててしずかに降っている。それがササランササランと聞こえたり、あるときはチホンチホンとかすかに笑っているように聞こえたりして……。

ここでちょっと思い出したのは、そう、雨の音で思い出したのだが、勤労詩を書く山田今次という人の「あめ」のこと。その雨は次のように降る。

………

あめはぼくらをざんざか　たたく

ざんざか　ざんざか
ざんざか　ざんざか
あめは　ざんざん　ざかざか　ざかざか
ほったてごやを　ねらって　たたく
………

ある人の云う「現実意識をリズミカルに表現する」これは特殊な才能から生まれた聴覚というのだろう。人の暮らしのいろいろの色合いにつれて音の生き方も、生かし方もいろいろに違ってくる。私の現在のあやふやな生き方の心音には、雨は竹の葉っぱに、ただサラン　ササラン　チホン　チホンとだけしか囁いてくれないようである。

（四十七年八月）

余韻の中

つい最近テレビで、往年の名画「モロッコ」を見た。昨年還暦をすませたという古い友人が来ていて、「この映画は三度つづけて見に行ったよ」と感慨深そうに云った。

素足でディトリッヒが、好漢クーパーのあとを追うて、砂漠の彼方に太鼓の響きといっしょに次第に消えていく……。四十年前、たしか京極の松竹座の三階の紅札席で私も感激して見たはずである。その紅札席という最下等の入場料は金三十銭也だったが、それが毎週となるとつらかった。私の初任給は三十七円で、寝るだけ六畳の下宿料が十五円だった時代である。円山公園のベンチに、ルンペンがごろごろしていた。

下宿の主人は近江出身の呉服のかつぎやさんで、七十才近い母親と二人のつつましい暮らしだった。毛が五、六本しか残っていない竹の柄の歯刷子《はぶらし》が、手洗い場のボロ壁に、親と子二本分ひょろんとかかっていた。私はその横に、買ったばかりのセルロイドの柄の歯刷子をかけた。私の青春の始まりである。

俳句の好きな洋行帰りの上司が、新米社員を引き連れて一夕、鴨川の床によんでくれた。宴半ばで、色紙と筆が回ってきて、祇園まつりが近いからそれを席題に一句ずつひねり出せという。仰せ畏まって適当に如才のないのが順ぐりに、俳句めいたものを書いた。ぶさいくな字で末席の私が、「薄給者俳句をひねる柄でなし」と筆太になぐり書きしたら、ボストン大学出身というその上司は、その秋の勤評に、「協調性に乏しく要注意」と英語で書き入れた。

三十銭の「モロッコ」を、三度つづけて見る馬力をもてなかった貧しい青春であった。まして、「打水に船鉾涼し燈し時　子角」の風流の解せる身分ではなかった。

祇園まつりといえば、私は中京の職人町の生まれで、私達の家のある区劃はあとのまつりの還行祭の方で、家の前の通りから上り観音山が見えた。その挽《ひき》山の囃子方に、Rさんという遠い縁者の若いやさ男がいて、下から見上げる子供達に粽（ちまき）を投げてくれたが、無器用で小柄な私は、一度もうまく受けとめたことはなかった。中途で誰かの手にサッとさらわれてばかりいた。それを上から見ていて、やさ男のRさんは翌朝二、三本家に届けてくれた。

粽は盗難よけのお守りだから、さっそく玄関の戸の上に父親が飾り付けたのだが、出戻りの私の姉は、このRさんと「自由恋愛」を楽しみ、あげくは駆け落ちの真似事までした。粽のお守りは盗難よけにはならなかった。

戦争の最中の十八年七月、祇園まつりの当日に、自宅の狭い茶の間で次男が生まれた。隣家のラジオだったか蓄音機が戻り囃子を流しているのを聞きながら、私は産婆さんの手伝いをして汗を流していた。

「おめでたいお祭りの日に生まれはった坊《ぼ》んぼんやさかい、きばってええ名前つけたげとくれやすや」汗をふきふき産婆さんが云った。

あれから二十九年目の夏が来る。

「きばってええ名前」をつけた次男が、つい先月梨木神社でひっそりした結婚式をあげた。そして奈良のずっといなかの町で新所帯をもった。

八月生まれの長男と、祇園まつりの七月生まれの次男の二人共が遠く離れて、あとは老人夫婦がそれにふさわしい小さな借家に、小さなお仏壇といっしょにこぢんまりと残された。

少年の日、四条烏丸のかどっこへんで、氷のカチ割りを頭にのせたり、噛じったりしながら、人波にもまれもまれ汗にまみれ、つぎつぎに来る鉾や山を熱っぽく見上げた時のあのはなやかざわめきの波が、ついこの前のことのようにいま思い出される。

モロッコの熱い砂の上に消えていった太鼓の響きのように、戻り囃子のはなやかな音色もまだ耳にかすかに余韻がある。その余韻のようなあるとしもなきいまの生き方もまた愉しからずや、かもしれない。

（四十七年七月）

II

『そよかぜの中』より 他

相客

病院生活というのを七年も八年も続けて、やっと日常生活に帰って来た人を知っているが、その若い友人は、「私には生よりも死の方が親しかったので、死をたしかめなければ、生へ出ていく手がかりがない」と自分の本に書いていた。

死をたしかめるというのは、死の周辺を嗅ぎまわるということだけではなく、死の固定観念から解き放たれた場所から、「死」を想像することも可能であろうと思われる。死の思想というのはそれから先のことで、死のたしかめ方は、人それぞれの生き方から類推されるある何ものかとでも言うより仕方がないのではなかろうか。病気にだけ死の匂いがするわけではなかろう。

死ねば死にっきり、という言葉もある。

私も十年程前、初めて三カ月ばかりだが入院暮しをしたことがある。その入院した当日、おかしな経験をした。府立の大きな病院で、二人部屋だったが先客のおじいさんが、何かぶつぶつ口の中で叱言らしいことをつぶやきながら、部屋を出て行ったまま なかなか戻って来ない。急に廊下がバタバタ騒がしくなって、いきなり看護婦がドアを開け、「アッ、やっぱりここのおじいさん」と言って又直ぐ走って行った。

ドアが大きく開かれて、今度は看護婦が三人がかりでおじいさんを運んできてもとのベッドにのせた。おじいさんは死んでいて、しばらくここへねかせて置くといったようなことを、相客の私に断るような、お互いに言い聞かせているような、どっちつかずの曖昧な言葉をふわふわと残して三人共消えてしまった。

夕方である。ついさっき、しきりにぶつぶつ何かぼやいていたおじいさんが出て行って、便所で倒れ、それっきり不意と死んでしまって、私の横のベッドにじっとねたきりなのである。手をのばせば届くところに、おじいさんは天井を向いてねている。死者の横で死者と同じかたちにねている自分がしいーんとしずかでいるのが、何とも奇妙で手持無沙汰できまりの悪いような気がした。そのうちだんだん腹が立ってきた。死人と、まだ生きているこっちとを同格に扱われているのが癪に障ってきたのである。何とか一刻も早く死人を片付けて呉れと腹の中でムシャクシャしていると、やっと人が来て霊安室の方へでも運んで行ったらしい。

そのあと、おじいさんの身内らしい屈強な中年の人とその子供らしい七ツ八ツの男の子が現れ、おじいさんの身の廻り品やら蒲団やら毛布類をサッサと片付けてもって行った。その間、私の方には何の挨拶もなかったし、こちらからも御愁傷さまの一言も言わずのパントマイムみたいであった。どっちもとっつきが悪くて、こうした場合の時の扱い方を扱いかねたという気味合いであった。それで済んだ。

あとはポカンと一人きりの、天井の漆喰のところどころ、ぱらりとはがれ落ちてきそうなのを一つ二つと数えている間に、入院最初の夜をどうやら眠ってしまったらしい。

フッと眼がさめたのは、何やらあたりで人声がしたかららしい。「寒い寒い寒い」という声がする。ギョッと胸をつかれた思いで棒しばりになったままでふるえてきた。おじいさんのねていた、そして今は空っぽのはずのベッドの上からである。耳をすますといった落着いた気持ちからではない。根っから臆病な私のことだ、針金でギュッと頭を締めつけられ、舌の根の乾ききった状態でいる私の耳にまだ「寒い寒い寒い」という声がへばりついて来る。

　死体になったおじいさんはたしかに、この病室から運び出されたのはこの眼で見た。そのあと身内の人が来ていろいろ身の廻り品やら毛布やらを持って帰った。あとは空っぽのベッドがあるだけだった。その筈だった。それなのにそのベッドの上から声がする。

　真暗闇を、勇気を振りおこして金縛りの頭を僅かに動かせてすかして見る。何も見えない。しかし声はする。しかもそれがすすり泣くように聞えてきた。「寒い寒い寒い」。

　これが半時間もつづいたろうか判らない。誰か、それがどうやら一人でなく二人らしいのだが、ベッドから立ち上ったらしく、そのままドアの外へスーッとしずかに出て行ったようである。「寒い寒い」の声が消えてドアをあけたとたん、廊下の低燭光のひかりがぼうっとさし、またフッと消えた。私は自分のからだが、「奈落」というものがどんなものだか知らないが、ひどく気の休まるようなその「奈落」へすとんと落されたような、その時はそんな気がした。とうとう明るくなるまで、そんな一種何ともいえぬおかしな具合の酩酊した気分で、身動きもせずじっと眼を開けたままでいた。

　朝食のとき、昨日と別の看護婦の口から、「寒い寒い寒い」と口走っていた者の実体を聞いた。霊安室でおじいさんの通夜をしていた長男とその子供が、家へ帰るのがついおそくなって泊るところがなく、窮余の思いつきで、何カ月間かおじいさんが寝起きしていたベッドの利用を思いついて私の寝室へソッともぐり込んだものの、いったん持ち返った毛布や蒲団が無くて深夜になって、子供が「寒い寒い寒い」と泣きだしたものだった。

ベッドは翌日のひる、直ぐふさがった。今度の人は田舎大尽みたいな五十がらみの首の太い人で、七、八人の取巻き風の男女が、まるで遊山地におくりこむような派手な調子でついて来た。おじいさんの死体が行儀良くねていたベッドにあぐらをかいて、「よろしうお頼みしまっさ」と乱杭歯を見せてケラケラ笑いながら私へ挨拶した。それから直ぐ浪花節のようなものをうたいながら、「やっぱりここはよう流行ってるなあ」と取巻き連と話し合ったりしていた。

死が気易くそこらへんに寝転がっているのと同じ調子で、生もまたそこらへんにいっぱい散らばっていて、気易く立ったり坐ったりしているようである。

病院のずうっと端の方で、実験用らしい犬の鳴き声が良く聞えた。廊下ではいろんな病気もちの男女が行ったり来たりしていた。ここでは死をたしかめようにも生をたしかめようにもまるで落着きがない……そんな気が、今から思えば私にしていたようだ。あの、便所で倒れたきり死んでしまったおじいさんにしたって、「寒い寒い寒い」とすすり泣いた子供にしたって、いつでもそのベッドの上に居て、いつでもそこに居ない何か得体の知れぬもののように思われてくる。
「在る」という状態も、「無い」ということも、何か同格のところに自然におさまっているのではないか。死ねば死にっきりだが、生も生でそれっきりじゃないか、そんな気がして、私はしばらくベッドの上の首の太い相客の浪花節を聞いていた。

（四十八年四月）

はんなり

先日東京から、書物の装釘や朱作りをする専門の若い人が来ていて、いろいろな話の出たあと、「あなたなら自分の本の装釘をどんなふうな色合いにしますか」と聞かれた。とっさのことであったが、あとで自分でも「ふうん？」といささか聞き返したくなるような調子ですぐさま、「はんなりしたものが良い」と答えていた。

いつごろどこで、どんなふうに「はんなり」という言葉を覚えて、それをいつごろから自分流に使い出したものか一寸見当がつかない。第一、はんなりという方言は、京都弁にはないもののようである。楳垣実さんの有名な「京言葉」には出てこない。五、六年前亡くなった滋賀県安土出の詩人井上多喜三郎さんの使いそうな言葉である。近江の言葉かも知れない。多喜さんは、相手のことばにうなずくときによく、「ほうや、ほうや」とやさしく首を傾けたのを覚えている。東京風に言い直すとそれが「そうだ、そうだ」になる。「はんなり」の語韻と「ほうや、ほうや」のそれが、何とも親類筋にあるような気がしてそう思うだけのことであるが。

しかし大阪弁のようでもある。どこか大阪の浄瑠璃の気分のふうわりと匂うようなところもある。手許に方言辞典というのがないので不便だが、京都言葉でなければ、私はたぶん近江か大阪かそのどちらかだと見当をつけている。

「はんなり」を私風に解釈すると、押さえた色気みたいな、派手さをあらわす形容詞だと思い込んでいる。みたところケバケバしたところはないが、しずんだ晴れやかさみたいなものがあって、決して陰気ではない。だからといって派手で陽気一点張りではなくて、それを一寸余裕のある間《マ》を置いて見ているとでも言えようか。

ズバリこれだといえるような見本がないのがもどかしいのだが、だいたいそんな気持ちのあるのが、「はんなり」の正体ではないかと、今は勝手にそうきめているのだが――。

こんなことをいま思いつくままに書いているところへ、隣家の奥さんが勝手口に来ていて女房と立話をしているのが聞えた。この人は私より年長の京生れの京育ちである。ひょいとたずねてみる気になって立ち上った。

「はんなりという言葉は、そうどすなあ、わたしら前から使うてますけど、せやけど、どんな意味や言われると一寸一口でこうやと言えんような……そうそう、横町のRさんの奥さん、あのおひとは、はんなりしてはるとは言えまへんわなあ……」隣家の奥さんはそう言って微笑した。含み笑いといった方がふさわしいような、いたずらっぽい笑いである。眼尻に皺がシュッと寄っている。

横町のRの奥さんは誰が見ても、うっとうしいと思われる人である。骨張って背が高くて色黒の、いたって無愛想の、うちの息子がまだ大学生のころ、「ああいうのが、真暗闇の空を、箒にまたがってピューッと鳥みたいに飛んで行く妖婆になるのとちがうか」と冗談口で言っていたお婆さんである。笑い顔を見たことがない。

となると、はんなりはRの奥さんの裏側になるわけだから、私の思惑とそんなにちがいがありそうに思えない。陰気でなくて無愛想でなくて、妖婆みたいに骨張りも筋張りもしていないはずである。こんなことを、いくら書斎の電気炬燵の中で、ひねくっていても仕方がない。散歩がてら、つい五、六百米も行った先に府立資料館というのがあって、ここは半分以上図書館みたいな機能をもっている便利な場所であり、そこへ行ってみることにした。私のように一知半解の徒には、こういうことででも、少しはものの間口をひろげた方がよろしかろうと寒いお尻を上げたわけである。

手取早く言語関係の辞書二、三を引張り出して書きだしてみた。その第一番に見たのが「大阪方言事典　牧村史陽編」これは昭和三十年に杉本書店という版元から出ているのだが、それによると、ハンナリ（副）は、はなやか、はればれ、明朗、陽気、くすんでいないなどの意（気質や色彩などについていふ）とある。やっぱりこっちの思いの筋とさして違わないと一寸安心である。その上親切なことに古典の名作の中からの引例があり、これが私をもう一つホッとさせてくれた。

――近松半二の時代物「妹背山婦女庭訓《いもせやまおんなていきん》」第四段に「……ヲヲめでたう哀に出来ました。色直しにははんなりと、梅が枝でも蕗組でも、サア〳〵開きたい、所望じゃ〳〵」――

ここに出てくる「色直し」は「めでたう哀れ」を打消すためであろうから、事典の言っているとおり、はればれと気をかえて、といった気分であろうか。それだけだとすると、最初私が何となく一人ぎめにしていた「押さえた色気」みたいなものは出てこないようである。それが物足りない。私にはどうしても、ただの「はなやか」や「はればれ、明朗」だけであって欲しくないものがある。はんなりイコール陽気、でないものが欲しい気がする。

一方、「女性語辞典」という真下三郎編東京堂刊というのを見ると、「はんなりと」は遊里の言葉になっていて、江戸時代初期からある語で、気分がおさまっておだやかになるさまと出ている。「はんなり」は大阪方言で、「はんなりと」は江戸時代からの女性語となるわけである。

私の言葉に対する欲目やみびいきは、「はんなりと」の方と、それから大阪弁の「はんなり」とを二つともほどよく混ぜ合せ、何とのうもっと婉曲に柔らかく優雅な奥行と内容をもつ、できることなら京都弁の方に引寄せたい気組みが、いや下ごころみたいなものがあったのかも知れない。その気持ちを酌んでくれたのかも判らないが、最後に見た本、「京ことば、大阪ことば」これは大阪読売新聞社編で昭和四十年に浪速社という聞き慣れない版元から出ているのだが、その中のある部分にこんなふうに書かれている。

——「はんなり」は祇園から出た言葉だとされている。「もっさりした」の反対だが、はなやいだ、というだけでもない。「こうと」をつくり出したのと同じ気持ちで、内側から照りだすような落ちついたはなやかさをいう。——

一番学問的でなく、事典辞典といった固苦しさのない、この雑談随想風に書かれた、どっちかといえば普段着すがたの気楽な本が、私には一番有難かった。最後にみつけた本のこの文章が、やっと私をはんなりさせてくれたようである。

（四十九年五月）

なむなむ

久しぶりで電話をかけてきた昔の友人に、「このごろどうしてる？」と聞かれて、「うん、まあ、なむなむと暮してるよ」と何げなしに答えたら、電話口の向うで、はっきりニヤニヤ笑いと判る声で、「なむなむか、ふうん、なむなむとなあ……」と、まるでよだれをたらしているような、しどけない声を出して、嬉しそうな相鎚を打っていた。思いがけなく忘れていた古い言葉を、思い出されたというような表情まで判るようである。小学校時分からの古い友達である。どちらも京生れの京育ち、向うの笑顔が眼の前にいっぱい、それこそしどけない形でひろがるようである。なむなむと暮している、というのが先方の御意によほど叶ったようである。

それにしても、そのような、普段めったに使ったこともない挨拶言葉を、ひょっこり口にしたことが、私にもおかしいことに思われてきた。

子供のときからも、大人になってからも、そんな言葉は親からも誰からも聞いたことがなかったのに、ひょいとそれが出てしまったのはどうしたことか、と自分に聞いてみる。私がそれを初めて耳にしたのは、そんなに遠い昔ではなく、今は亡くなった古い友達Ａ君の奥さんからである。Ａの奥さんは母親譲りの髪結いさんで、ずうっと長いこと西の太秦の近くに住んで居た。今の右京区に入る。東京でいったら下町育ちということになるのか。私の古い友人Ａも、根っからの京都人で、京都人同士の夫婦であった。

Ａは中学校に居た時分からの胸の病気で、社会人になってからもよく寝込んだ。それを骨身を削るような苦労のさまざまをしつづけて、奥さんが看護しつくしたのは、仲間うちの評判になっていた。このＡと私は一年間余疎遠になっていたことがあって、久しぶりに思いがけず街中で、奥さんとぱったり出逢ったとき、「Ａ君、どないしてます」と聞いたら、「ハァ」とかすかに笑ったような表情で伏眼になり、しずかに顔を上げて「このごろは、なんとか、なむなむと暮させてもろてます」と答えたのである。

そのときはそれでスッと判った気でいたが、あとでひょいとおかしい気持ちがした、と同時にこっちに、気恥ずかしいものがちょっと残った。そんな気がした。

京都生れの、ずうっと京都に根をおろしてしまった、どっちかと言えば（昔は知らず）旧弊な私が初めて聞く言葉である。なむなむと暮す……とは、たぶん平凡に、事もなくの謂であろうと、そのときは思った。京言葉に昔からあったものかどうかも判らない。下町のごく一部の間にしか通用しなかった言葉かも知れぬ。

Aの奥さんは大柄だが、いかにも京都風のおだやかな、しっとりした顔つきの美人である。物言いのはしばしまで、ふくよかで鷹揚に聞える人柄である。その人の口から「なむなむと暮させてもろてます」と聞いたときは、丁度浄瑠璃のあの節まわしで、「泣いてばっかり居たわいなぁ」と哀調たっぷりのそれが、反って耳に快く沁みいるようなのと同じような趣があった。

そのあと直ぐ、なむなむは、ひょっとしたら、南無南無から来ているのではないか、と素人考えをした。なみなみ（並並）ではあるまいと思い出した。南無は、南無阿弥陀仏の南無であろうか。南無三宝の南無にちがいないと思いだした。辞書にもあるとおり、仏に向って心から敬い信念する気持ちで、その名号を呼びかける言葉であり、感動詞でもあるのだ。それが、南無、なむ、と暮すということにどうつながって、市井人の日常の挨拶言葉にまで、根を下ろすことになったものか。

ちょうど終戦後の食糧難の頃である。病臥中で失業している亭主を長らくみとりながら、髪結い商売（そのころはいまのパーマネントに半分は変っていたのだが、それも材料難でほとんど休業の有様だったと聞いていた）の不振から、大阪の水商売の方に、身を隠すようにして出ているという噂を、チラホラ耳にしていた。主人の病気にすこしでも栄養をつけたい一心で、そういう商売になりふり構わず、とび込んでいったのにちがいなかった。Aの病気は一進一退で、毎日が神仏に祈るような気持ちだったらしい。

なむなむと暮すことは、南無と仏に縋る心で日を送らせて頂く、ひたすらな心根の張りつめた祈りと願いのいっぱいつまった、一途《いちず》な「なむなむ」だったのかも知れなかったのである。いや、そうであったにちがいない。

事もなく平凡に何となく日を過すというような、ただの挨拶言葉ではなかったのではないか、とそう思われてきたのである。

薄氷の張りつめた深い危険な河面を、どうしても渡りおえねばならぬ必死の時のような。

先日、何気なく、久しぶりの古い友人の問いかけに、「なむなむと暮しているよ」という私の気易い挨拶言葉には、そんな思いをこめた「なむなむ」は勿論なかった。ありふれた、昔の人の気軽に口に出してケロリと済んでしまう「平凡に事もなくまずまず」のなむなむであった。

　平安無事といえば、きこえは結構だが、その中身は、無為無策、徒然のままの自堕落な、正直その日暮しの私の日常である。その私が、うっかり自分でも思いがけなく口に出した「なむなむ」が、いきなりひどく品下り、我から南無を貶しめたような嫌な気がして私は滅入ってしまった。

　身に添わぬことばを、わざと口にした老人の衒《てら》いの醜さをさらしたようで、そのあとしばらく面映ゆい気がしたものである。


（四十九年十月）

風のつよい日

風の強い日は嫌いである。今日もしきりに風が騒ぐ。狭い庭の、十本ばかりの丈の高くなった竹が身を捩らせて、さかんに葉を揺すらせている。向うのガレージとの境のブロック塀に擦り切れるばかりに葉がこすられる音が、ひどく耳障りである。何となく気が落着かず、本を読みかけては直ぐ気移りして、本の頁を忌々しそうに閉じてしまう。かえってこんな日は、風に逆らうようにして少し歩いてみた方が、心の衛生にかなうのかな、と若い人みたいな気をひょいと起したりする。風邪気味で、湊づまりで、我ながらみじめったらしく、気持ちに張りがなくて、いつもよりもっと力の抜けた陰険な瞼をドロリと垂れているような自覚がある。机の上に飲み残しの茶碗から、いっきに冷めすぎた茶をゴクリとやって、またその冷たさが癪に障って、ふらっと立ち上ってしまった。こうなれば出歩くしか手がない。

ハガキ二、三枚と郵便局の通帳と、昨日来た税務署からの「国税還付金充当及び支払通知書」というのと、珍しく東京の雑誌社から送って来た「小切手」一枚とを持って家を出た。一寸した集金取りである。こういう風のつよい、諸事機嫌の悪い日には、こういう仕事を自分に割当てて家を追出すのには恰好であろうと自分に納得させるようにして家を出た。

風がおさまったと思ったら、今度は小雪が舞い出した。チラチラでもなくしとしとでもなく舞い方に品があって、自分で抑揚をつけて、どこかひんぷんと唱っているような舞い方である。自分で自分をからかっているような降り方をしているなと思って、おかしい気になって、テッテッテという具合に元気に足早に歩いた。ひんぷんと降っていたのもいつの間にか消えて、あとくされのないように道をすこしも汚していない。

何となしに先が明るい軽い感じで、むうっとあたたかい郵便局へ入って行った。持参の書類を見せると、まだ税務署から通知が来ていないからと断られた。口紅の濃い、顔の舞台の大きい四十過ぎのおばさん事務員が、返す刀で、という手取早さで「ハイ、お次ぎ」と私の後を見て言った。

第一の集金はとり損なったわけである。面白くない顔をして郵便局を出ると、一足先に預金を済ませて出て行った精悍な顔のガッチリした肩巾の男が、立てかけた自転車にまたがりながら、上着の内ポケットをポンポンとたたき「出発進行ッ」と自分に号令をかけて、ニコニコして自転車を走らせて行った。

曇り空の一隅から木洩れ日のように、一筋力のない陽がさした。あまり寒くなかった。今度は近くのバス停でしばらく待って、小学生がガヤガヤ騒いでいるバスへ入って行った。満員だと思ったが、前から二ツ目に空きが一つ見えた。そっちの方へ小学生をかき分けながら進んで行くと、床まで届くような長い首巻をした青年が、一足先にその席にひょいと坐りかけたのを、肩を一寸たたいて、「そこはお年寄りの席」と声をかけた人がある。派手なスポーツ服のような背広の中年の80kgもありそうな人である。青年が一寸むっとした表情をして窓側に寄って行ったあと釜に、何気ない顔をして、お年寄り然として私が坐った。郵便局は駄目だったが、今度の集金は旨くいきそうな気がして「すべて世は事もなし」という顔になって、窓の外の見あきた街の風情を軽蔑したような眼で見ていた。

その銀行は、街角の古い赤煉瓦の建物で、昔私が長く住んで居た町内の近くにあった。そういう建物には全く縁のない暮し方をして来た自分が、昼日中、スッスッと真中の石の階段をふんで、自動扉がサッとお通り筋を開けてくれて、中へ入って行くのは、衆人環視の中でちょっと芝居をしているような気分である。一番近くのカウンターに肱をついて、若い女事務員に小切手を出して、「これ頼みます」と言った。あいその良い返事をして小切手を受取った女事務員が、チラと表情を変えたのが判って、こっちにそれが染ったようにチラと気分が曇った。こういうことが、他人には何でもなくスラスラ運ぶ筈のものが、私という半端大人にはそれがスラスラといかず、何かしら躓いたり故障がひょいと出てきたりするのが、これまでの私の暮しの流れのようであった。……というとっさの痛みのようなものが走って、何かきまり悪いことをしているようである。

「……あのう、身分証明書のようなものをお持ちですか」ときく。そんなものが要るのかいな、と思ったが、それなら丁度、郵便局の通帳がありますと、それを見せた。それでは駄目だという。じゃあ名刺がある、と少々汚れてはいるが手帳にはさんだ奴を出したが、それでも駄目らしい。何がいったい効めがあるんだと向っ腹が立ってきて問返すと、車の免許証だとか米穀通帳とか、と何か奥歯にはさまった口調で云う。向っ腹が正面据えた立腹に変ってきた。「何で郵便局の通帳が身分証明にならないのか」女事務員も少々言い辛そうになって「そのう、盗難にあったということもあって……」もぞもぞしている。「車の免許証なんか車を持っていないから持ってる筈もないが、それがあったとして、車の免許証は盗難にあうことはないのか」

カウンターの向うの男子、女子事務員達が、こっちのやりとりに苦笑いしながら、顔を無理にうつむけて仕事に熱中している振りをして聞耳立てているのが判る。ようーし、ねばってやれという気になる。もぞもぞして女子事務員は二、三列後ろの中年になりかかろうとする年輩の、たぶん主任か係長らしい男のところへ行ってボソボソやっていたが、その主任らしい男がやって来て、「……あのう」と同じようなことを、歯ぎれのよくない調子で言い出したから、またこっちも同じことでやり返して、ムッとした長い馬面を置物を据えるように、その男の正面に押出してやった。

結局向うの負けで、あと腐れの悪い集金だったが、これはとにかく成功した。当り前のことが、どうしてこうも馬鹿馬鹿しいことで手前勝手なことを言うのだろう。入るを計って出ずるを制すか、米穀通帳だって、ヘッ、銀行のとんちき野郎……。

外へ出るとまた嫌な風が吹いている。喫茶店の表の絵看板が強い風にあふられて、危く私の頭に落ちて来そうに見えた。古本屋を二、三軒覗く積りだったが、胸糞悪いのが癒らず、スッとバスに乗って帰った。書斎に坐って、ガッカリして外を見ると、入れ替りましてというように、またひんぷんと小雪が風に舞い出した。

（五十年五月）

大人の眼

私が子供だった頃、押小路通りを真直ぐ西から、人力車に乗った西洋人がよく通った。みな二条城を見物してのかえりらしかった。路上で遊んでいて、そんなのが通ると、子供達は「異人さんや異人さんや」と馳け寄って車上の青い眼の人を見上げた。私の記憶では、どの異人さんもみな憂鬱な顔をしているように見えた。私達子供の顔を見てもニコリとする異人さんは一人もなかった。どの異人さんも（女でさえも）みな無愛想な疲れたような表情で、車の上からチラと私達を目にとめるだけであった。私はそれが不思議で仕方がなかった。どうして異人さんは、いつもあんなに不機嫌な顔をしているのだろう、長い長い旅疲れで、何を見ても興味がおこらないのか、それとも日本の子供が洟をたらしながら、砂埃りのたつ地面の上でメンコをしているのが汚らしいからか……。

私の家の筋向いに三軒路う地があって、一番奥の一番小さな家に馬力屋の勝ちゃんという友達がいた。勝ちゃんのお父っあんは、馬力の仕事のないときは人力車の仕事もした。その方が多かった。異人さんを乗せて押小路通りを行くときに、梶棒を曳き走りながら私達に声をかけるときがあった。「勝ちゃんのお父っあんや」と私達は嬉しそうに見送るのであった。ときどき、車の上の不機嫌な異人さんと勝ちゃんのお父っあんと、何か話をしているふうに見えるときがあった。「勝ちゃんのお父っあんが異人さんと話してた」と私は母親に報告した。たすきをかけた母親は、父親の仕事の箔置きを手伝いながら、向うを向いたままで「そら商売やさかい、自然と覚えはるのやろ」と言った。父親が笑い声で「サンキュベリマッチやろ」と言った。

そのあと、勝ちゃんに出逢ったときたずねてみた。勝ちゃんは私より二つほど小さくて、まだ三年生ぐらいだった。「英語よう知ってはるえ、うちのお父っあん」と頭のうしろが大きく出張って眼の小さな勝ちゃんが、ずんぐりしたからだを揺するようにして答えた。「サンキュベリマッチやろ」と私はからかった。勝ちゃんはその大きく出張った頭を振って「ちゃうちゃう（ちがうちがう）」と地団駄を踏むようにして私をにらんだ。

私は勝ちゃんからそのとき、一つだけ英語を教えてもらった。それは「ワタフル」という言葉だった。
「清水《きよみず》さんへ行ったことあるやろ、あこに音羽の瀧があるやろ、あの瀧のことをワタフルいうんや」。勝ちゃんは、まるで金太さんの飴をなめるように、ピチャピチャとつばをためて口をならし、「ワタフルやぜ、ワタフルやぜ」と言った。勝ちゃんはそれから、勝ちゃんのお父っあんがワタフルについていろいろ説明して呉れたことを得意そうに喋った。清水さんの音羽の瀧の水が、ドウドウと落ちているのをじっと見ていると、水がまるで白い綿みたいに落ちてくるように見えてくるやろ、そやさかい綿が降ってくるでワタフルになるのや……。

勝ちゃんから教えてもらった英語の記憶は、いまはそのワタフル一つだけしかない。その勝ちゃんは小学校を卒業する前に伝染病に罹って亡くなった。勝ちゃんのお母はんは大女で、物言わずで、年中同じ着物をきて、めったに笑い顔を見たことがなかった。勝ちゃんの遊んでいるときでも、勝ちゃんのお母はんは傍を通っていながら、知らん顔をしてふらりふらりと歩いていくのであった。勝ちゃんが亡くなってから、夕暮れになると、路う地の奥から小さなお茶碗を持って、ふらりふらりと歩き出すようになった。夜おそくなって人通りのない頃に、また何処からかふらりふらりと帰ってきて、路う地の奥に消えて行った。私の両親や近所の人達が、そんな話をしているのを何度も聞いた。

いつか路う地の奥の勝ちゃんの家へ、父親にいいつけられた用事で行ったことがあった。誰も居なかったので、家の前の、どくだみの匂いのする小さな草むらの中にしゃがんでいると、勝ちゃんのお母はんが外から帰ってきて、ぼんやりした黒い顔で私を見下ろしながら、男のような声で「何や」と言った。初めて聞いた言葉は、何か妙な煎じ薬の匂いがしたような気がした。どうしたわけかそのとき、いきなり私は、あの不機嫌な人力車の上の異人さんの顔を思い出して変な感じがした。子供の眼にも、汚れた坊んさんの衣のような黒っぽい、重たそうな着物をゾロリとひきずるように着て、ヌッと立っている大女の勝ちゃんのお母はんはおそろしげであった。どう用事を伝えたか、それとも何も言わずどくだみの匂いの中から跳び出して、路う地の表へ逃げるみたいに走って行ったか、私はもうすっかり忘れてしまった。

子供の心にはわからない、世の中の大人の世界というものの中には、何かえたいの知れない黒っぽいもの、ずんぐりとした不愉快なもの、何んにもいいたくなるような気持ちの、ゾッとするようなもの、つまり不機嫌でうっとしいものが、あっちにもこっちにも、つまり異人さんの世界にも膜のようにひろがって澱んでいて、それは大人になったら自然とそういう暗い気持ちの悪い気分になっていくものであるらしい、そんなふうな仕組みになっているものらしい……小学五年生の私はそのころぼんやりと考えていた。そういう具合に考えないと、あの二条城から帰って来る人力車の異人さんの不機嫌な顔つきやら、年中笑ったことのない無口で気味の悪いほど、そろりそろりとお茶碗を持って歩くあの大女の勝ちゃんのお母はんの居ることの解釈がつかないのであった。

あのころからもう何十年も経ったことが、不思議でしかたがないと思えてくる。小さな庭の小さな一つまみ程の我家の竹藪が、風にふかれてふらりふらりと揺れている。それをぼんやり見ている今の私の疲れた眼は、あの昔の人力車の上の異人さんや、勝ちゃんのお母はんと同じような、たぶんそんな不機嫌とも見える大人の眼をしているのかも知れない。

（五十二年二月）

写真館の窓

書斎に居て所在なげに、フッとガラス窓の方を見たら、それと呼吸を合わすように、ひらりと粉雪が舞いおりてきた。といっしょに、どうしたカラクリでそうなったのか、昔見た映画の一シーンが眼の前に、二重写しのようにありありと見えてきた。写真館の陳列窓の古いイメージである。

フランス映画である。あれはたしか、ジャック・フェデの監督した「面影」だったと思う。無声映画ではなかったか？　むかし、という言葉が、いかにもしんみりと沁みとおってくれるように手前勝手に喋るのだが、あれには町の写真館が出てきた。うらさびしい感じの、ひっそりした町通りのその写真館の陳列窓に、いつもきれいな一人の女の写真が飾ってあって、それを毎日のように見に来る若者がいる。姿はみすぼらしいが顔立ちのいい若者である。粉雪がチラチラ舞っている。街燈がぼんやりと明るい。若者は外套も着ていないで、上衣の襟を立てて寒そうに首をすくめて、じいーっといつまでも、陳列窓の女の写真を見つめている。その若い美しい女の写真が、だんだん近づいてくる。画面いっぱいになる。マリ・ローランサン描く風の、どこかはかなげに、夢のように脆く美しい女……とそのあたりまでの風情を、甚だ抒情的に、ロマンチックに、私の古い記憶のスクリーンに、それがいま丁度眼の前のガラス窓のスクリーンに、自分の想像の色彩を添えて描かれて見えたのである。

とにかく、むかしである。一九二四年か五年ごろの作品である。洋画専門館の寒い粗いコンクリートの上の、ガタガタ椅子に凭れて、甘美なフランス映画のはかないラブ・ロマンスの流動性にうっとりしていた当方も、まだ二十歳には手が届かなかった。制帽には白い太い線が一本通っていて、足にはゲートルを巻いて、毎日徒歩通学した。電車の軌道の上に、雪をかぶった馬糞がのうのうといくつもころがっていた時分である。

ジャック・フェデという抒情作家は、どんどん成長して、後には写実派の大物になってしまった。ゾラの「テレーズ・ラカン」や「女だけの都」といった凄い、屈指の傑作映画を作った。「外人部隊」もそうだったと思う。あれには妻君の大柄なフランソワ・ロゼが、気だるそうに出ていた。名演技だった。

こっちは、人並みに成長せず、いつまでも割引席のガタガタ椅子に凭れて、小屋の寒さと映画からの感動に身を顫わせることが、長いことつづいた。無声映画からトーキーへ、それから映画に色がつきはじめた頃から、この映画ファンの青年はやっと仕事にありつき背広を着て、夏には麦稈帽子を、ハロルド・ロイドのように気取って、一寸斜めにかぶった。町にはチラホラ洋装の女性を見た。ふとい足が内輪に歩いていた。ハイカラなものは、いい匂いがした。フランス映画は、いちばん高級でハイカラで、そしてロマンチックであった。

あの「面影」の、陳列窓に飾ってあった写真の一人の女と、それを毎日、頭の上に（ひょっとしたらベレーをかぶっていたかもしれない）いっぱい粉雪をのせて、じぃーっと食入るように見つめに来る若者とが、どんないろいろのあとめぐり逢って、どんなロマンチックで或は悲痛な結びがあったか、いまはすっかり忘れてしまった。その image のかけらも拾えそうにない。

むかし、という言葉は、なつかしいやさしい味や薫りを都合よく添えて、老人を劬ってくれる。あの写真館の陳列窓の女が、マリ・ローランサン風の美しい夢見る少女のようであって、ベレー帽の男は二十歳なるやならずの、ひどく神経質で感傷家で、そのくせ人前では大人びた口を利きたがる野心家で、しかも生活力のまずい骨の細い青年であったろう。その写真の少女とは以前同じ町に（たぶんマルセイユかリオンあたりに）住んでいて、幼な友達で仲良しで、それが運命のいたずらでいつしか別れ別れになって、ある日偶然、下町のさびしい通りの写真館の窓で、思いがけず彼は、すっかり大人びた彼女の写真と出逢うのだ。粉雪が降っている。ボロ屑のような汚ない服の襟を立てて、両手をズボンに隠したまま、失業中の青年は、まじまじと写真の女を見つめるのである。幼いときからの友達、少年少女のときからの仲良し、そして決して忘れることのなかった初恋の人……というシーンだったと、いまその懐しさの「味」と「薫り」を材料にして、image の額ぶちだけは何となくこしらえられそうに思える。私にも、そんな「写真の女」が、自分の過去の額縁の中にないこともないのだが……とついでに思い出してみたりする。

それにしても町の写真館には、いまでは、神社の玉砂利の上で、しかつめらしく「ただいま結婚の儀無事取り行いました」式のめでたいカップルの写真か、十三詣りの、こましゃくれた背広着てネクタイ結んだ子供達の紋切型か、または、まっ直ぐ団体で、こっちをにらんでいる家族一同写真の月並みしか見られないようである。何となく美しい、夢見る乙女のポートレートをたった一枚、飾り窓に出しておくだけといった甘い抒情的な写真館はもうない。立ちどまって、じいーっと見つめているような暢気な青年もいっこう見当らぬ。背広の襟を立てて、うっとり一時間もの間、「写真の女」にうつつを抜かす純情の若者も居るまい。

ときどき、時間を持てあましている無職無芸のみすぼらしい老人が「去年《こぞ》の雪、いまいずこ」という哀れで虚ろな力弱い表情で、丁度いま私がガラス窓にうつる昔の面影に見入るように、ぼんやり写真館の前に立ちどまっているときがある。その老人は私ではないのだが。

（五十三年四月）

かんかん帽子の頃

——新しいかんかん帽子をかぶって
四条河原町へ出ると
その年の初夏の風が吹いてきた。

そんな詩を書いたことがある。全部で二十行程のその初めの三行である。かんかん帽子は麦稈帽子のことで、このごろは（戦後はといった方がよいか）あまり帽子をかぶらないようだから、夏になったからといって、昔のように言い合せたように、いっせいに街中がかんかん帽子だらけになるということはない。かんかん帽子は、あの頃の夏の風物詩のようなものであった。眩しい陽光を熾んに弾じき返していた。誰でも買えるほどの廉価であり、たいていひと夏かぶれば御用済みにしたものだ。ひと夏かぶり通せば陽に灼けて茶色っぽくなり、リボンにも汗がしみ出て汚くなるのが普通で、一夏に二度も三度も買いかえる人もあった。黄色くじじむさくなった旧品を、馬の頭にくくりつけるようにかぶせて陽除けにしてやっている荷馬車をよく見た。親方のお下げ渡しを拝領して、暑いさかりを汗を光らせながら、働き者の馬がカツカツと街中を歩いて行った。今ならトラックでサーッと一走りで済ますところである。そのトラックの運ちゃんの頭にもかんかん帽子を近頃は見たことはない。

パナマ帽子は高価品で若僧にはなかなか手が出せなかった。台湾パナマという黒っぽいのがあったが、値段は廉くても地味な色合で若向きではなかった。その段かんかん帽子は明るく清潔感があり、老若不問一般庶民向きのようであった。夏の街はかんかん帽子の街であった。

就職難のきつい時代で、上海の紡績会社へ勤め口があったのが、こっちの家庭の事情で御破算になり、実業学校を卒業して大分たってやっと仕事にありついたのが七月のあつい熾りで、それがデパートの一階帽子売場であった。かんかん帽子が山積みにカウンターに乗せてあった。一個五十銭ぐらいからあった。特価三十銭というのまであった。眼がまわる程よく売れた。古参の店員が主としてパナマ帽子の上客にあたり、新米の私達が、かんかん帽子を売る方にまわされた。頭の寸法を測る重たいカナ輪のような器具があって、まず初めにそれでサイズを採り、六吋八分の七だとか七吋だとかいって、夫々のサイズ分けにした山積みのカウンターの前へ案内した。初めはなかなかぴったりと頭に嵌らないもので、横に出張ったのや後頭部の凹みすぎたのや才槌頭や、人間の頭の形がこうも違うものかと初めての世間勉強の一つになった。中折帽子の方は少々融通が利いたが、軽くて、固くて儘にならぬところが、所謂かんかん帽子の特色のようなもので、大抵の人は値段の廉いのと一夏きりという気安さで、中折帽子のときほどには然程《さほど》文句もつけず買っていった。売場の鏡の前に立つと、ま新しいかんかん帽子の下の顔まで涼しげに写るような気がしたようである。アメリカの喜劇俳優ハロルド・ロイドみたいに、一寸斜めに気障っぽくかぶるのが流行った。

――鉢植えの花が涼しくパッと咲いたように
　電車のあの窓この窓にも
　かんかん帽子が一列に白々と並んでいた

明るい風がリボンの縁《ふち》を滑って行った

古い去年のかんかん帽子をかぶってきて、買いかえてから「この古いのは何処ぞへ捨てて下さい」と言う人が多かった。新しい帽子をかぶると気分までシャンと軽やかになるものか、その足で直ぐ背筋をのばしていそいそと街中へ出て行くのであった。

私も初めての給料で買ったかんかん帽子をかぶって、休日の晴れた午後、京都の一番の盛り場である四条河原町へんをぶらついた。角っこの大きな硝子窓のブラジレイロ喫茶店へ入っていくと、隅のうすぐらい席にポツンと式亭三馬が坐っていた。京極の寄席「富貴」に出ている東京の咄家である。地味なというよりは陰気な語り口の老人で、そのためだろうかいつも客席の寂しい前座に出ていた。江戸の戯作者そっくりの名をつけた老芸人は、あたりの人が季節柄皆コール珈琲をのんでいるのに、彼だけは匂いの高いあつい珈琲をのんでいた。私もそれを注文してたっぷりミルクを入れてのんだ。この店自慢のぶらじる珈琲である。

——東山や京極の方からも

新しいかんかん帽子がやってきた
匂うような眩しいような
かんかん帽子がやってきた

いまそこの古本屋で買ってきたばかりの大木惇夫の「風・光・木の葉」の頁をパラパラめくりながら、見るともなく見ると式亭三馬は、自分の眼の前にまるで高座でのように、かんかん帽子と白い扇子をキチンと並べて置いていた。相不変気むづかしそうな陰気な雰囲気を自分のまわりにただよわせていたが、テーブルの上のそのかんかん帽子だけは、いまそこで買ってきましたといわんばかりの、ま新しい光を爽やかに放っていた。何となく私はいい気分がしてくるのを覚えた。さっきの続きにもう一行、私の若い詩「かんかん帽子」に付け加えることにした。

——東山や京極の方からも
新しいかんかん帽子がやってきた
匂うような眩しいような

かんかん帽子がやってきた
あの不機嫌な式亭三馬の頭にも
かんかん帽子が光っていた
…………

どんな詩句がそのあとにつづいたかすっかり忘れてしまった。それから何回もの夏を迎えたが、かんかん帽子はいつの間にか消えて、カーキ色の国民服に重苦しい戦闘帽をかぶる時代がやって来た。

（五十四年七月）

ぶらんこ遊び

――マルケの絵を見てから

岡崎の図書館の横の大きな樹の蔭のベンチで一服していると、赤ん坊を負ぶった若い母親が、四、五歳ぐらいの女の子の手を引いて、せかせかと向うから来た。私の向うの方に、ポツンとぶらんこがあって、しずかな午前の陽のひかりだけがそこに腰かけている。さっきの美術館で、ひときわ私の印象に残ったマルケの「曳き船」の、あの絵のまん中の赤い船腹の一本筋が、まだ生々しく私の頭の中央にくっきりと画かれたままで消えない。マルケの絵とは初見参で、ついでのことに図書館に寄って一寸人名辞典を覗いてきたところである。

アルベール・マルケ　一八七五―一九四七、モローに師事した画家で、マチス、ルオー等と一緒にフォーブ（野獣派）の一人として出発したが、その中でも最も温雅な作風を示し、次第に静かな情趣に満ちた独自の画境に向った、と出ている。旅行が好きで、各地の港の連作が多かったのだが、さっき見てきた「曳き船」もその一つである。あれの制作は一九〇九年と書かれてあった。丁度私の生れた年である。

いまは一九七九年の五月、ここにあるのは青々とした樹々の大きな葉の重なり、広っぱの方から来る爽やかな五月の微風、おだやかな陽のしたたり、そしてまるで前生からのようにそこにあるぶらんこ、まだ誰も乗り手のない朝のしずかなぶらんこ……。そのとき私の眼の前まで来ていた白い服の女の子が、母親を見上げながら「ねえ、ちょっとだけ」と顔をかしげながら、ものをねだるような哀しそうな声を出した。ひょっとしたらかなえてもらえそうなと思いつつ、半分はもうあきらめている声である。さっきから何度もそのような調子で、女の子は母親にせがみつづけていたように見える。何か急ぎごとがあるようで、母親は女の子の手を握ったまま私の前を過ぎ、邪険なように思える急ぎ足でツンツンと歩いて行く。背中の赤ん坊は眠っているらしく、顔も両手もだらあんと垂らして揺られている。仰向けたその顔いっぱいに柔らかな陽があたっている。姿は見えないが高いところで鳥の啼く声がする。それがはるかの絵のような白い綿雲の中へまっ直ぐ吸い込まれていくように聞える。向うの広っぱの方へ小学生らしい団体が二列になったり三列になったりして進んで行くのが見える……。

さっきのマルケの赤い小さい船は（簡潔な構図だった）、速いスピードで波を蹴立てて船首を上げて走って行くのだが、その速いスピードの動きのままで、まだ私の頭の中を横ぎろうとして消えない。ぐいーっと荒削りに筆一本一筋で書きおろしたと思われるあの力強い黒い煙突も、確実に勁く傾いて烈しい風を肩に受けたままで、私の頭の中を横ぎろうとしてまだ消えない……。懸命なエンジンの音が快く絵画の中の時空の波に滑っていく……。荒々しいものの中から生れる、あるおだやかなそして極めて自然な諧調の静けさ……。

と、さっきの女の子が一人走ってこっちへ戻って来るのに気がついた。母親の手許から一直線に走ってぶらんこの方へ馳けていく。ぶらんこの綱に手をかけ、もう一方の綱を摑まえようとして幼い手がウロウロしている。やっと摑まえたものの、今度は腰をおろすまでなかなかスッと運ばない。生きもののように揺れ動く腰板と同じように自分のからだも動いて、落着くところに自分のお尻が坐ってくれない……どうにかやっと腰を下ろした。そよ足が地面にどうにか届くくらいだ。そして周章ててその小さな足が小さく土を蹴る。そよりとしか動かない。しかもまっ直ぐでなく斜めにである。もっと強く蹴る。それでもそろりとだけ斜めに揺れるだけ。三度、四度、どうにかぶらんこは、小さな幅だけまともに前後に揺れはじめた。女の子は上気したように頬をまっかにして、もっともっと強くふんばり、小さな足で力強く土を蹴り、お尻を動かせてうまく調子をとろうとする。ぶらんこは不精無精、自分の役目を思い出したように動きはじめたようだった。

いつのまにか母親が近づいてきて、黙って女の子を見下ろしている。いま気がついたのだが母親は短いスカートをはいている。何年か前に流行ったままのミニスカートというのかしらん、あのままのスタイルらしい。女の子もそうだが母親の方も、どちらもうすよごれた普段着のままの感じである。うしろからやんわりと手を添えて、ぶらんこを押してやるのかと見ていると、母親は黙って女の子を見据えたままである。一言短く何か言ったが聞えない。突き離すように女の子はぶらんこを離れて、母親の傍に寄った。そして歌うような声で「ちょっとだけね」と母親を見上げながら、自分にも納得させるように言った。

手をつないで、さっきよりはすこしゆっくりめに母子は歩いて行った。背中の赤ん坊は、相不変、顔も両手もぶらんぶらん揺られながらまだ眠っているようであった。

「ちょっとだけね」というのは、ぶらんこに一寸だけ乗って遊びたいと母親にせがんでいたのであろう。赤ん坊を背中に、女の子の手を引いて、急ぎの用事の場所に心せわしない母親に、おそるおそる「ねえ、ちょっとだけならいいでしょう」と許しを乞うたのであろう。そしてほんのちょっとだけ、女の子は「ぶらんこ遊び」をたのしんだ。今はそれですっかり満足したのか、母親の急ぎ足に合せてスキップするように、元気よく女の子はついて行った。

マルケのあの「曳き船」のしずかな力強い赤が、そのときゆっくり私の頭の中を一筋、爽やかに横切って去った。ぶらんこはまだほんのすこし揺れ残っていた。

（五十四年八月）

二銭のハガキなど

古雑誌を整理していたら、その間にはさまって、しみのついたハガキの一束が出てきた。その中に二銭のが二枚ある。あとは五十銭と五円のが十二、三枚。縁側に持ち出して一枚ずつ並べて、虫干ししながら、よう出てきてくれたなあという気持ちになった。もう少しで、陰気な声で流してくる「毎度お騒がせいたします」の塵紙交換屋さんに、古新聞古雑誌もろともお払い箱にするところだった。

二銭のハガキの一枚は、昭和十七年八月一日、東京市杉並区東田町二ノ一七五、近松秋江からである。もう一つは、昭和十七年八月三日のスタンプが押してあり、東京府三鷹町下連雀一一三、太宰治からである。どちらも太平洋戦争中である。その戦争中に私は、京都について書いた小説家や学者や外国人の文章を編集して、一冊の本にしたことがある。

「京都襍記」という、紙質は当時のことだから随分悪かったが、写真も何枚か入り、形ばかりだが箱付の（図柄模様の入った）、まあそのころとしては、まずまずの出来の本であった。

先年亡くなった美術評論家の北川桃雄氏の世話になった本であった。

その本の中に入れる文章の中に、近松秋江と井伏鱒二氏のがあって、その掲載許可を求めるために出した依頼状の返事がそれであった。当時井伏さんは南方に報道員として従軍中であったので、その留守を預かっていた太宰治が代りに返事を呉れたのである。いま手許の年譜を見ると、「昭和十七年、太宰は三十三歳、二月に長編『正義と微笑』を書きはじめ、三月に完成。四月に『風の便り』を刊行。五月に『老ハイデルベルヒ』を刊行。七月に『小さいアルバム』を新潮に発表。十月に『日の出前』を文芸に発表したが、時局に添わないという理由で全文削除を命じられた」。

太宰治は明治四十二年生れで私と同年である。生れ月も六月、これも一緒で、向うは十九日、私は一日ちがいの十八日。一日だけ私の方が兄さんになる。一方はあれだけ華々しい仕事をし、世評を受け、当時の人気も実力も抜群の作家であったのに、一日だけ兄《あに》さんの私は、自費出版の本が二冊あるきりの、地方の全く無名のしがない詩人であった。貧乏なところがざっと似ているだけで、天と地ほどの才能の違いは言うに及ばず、あとは何から何まで桁はずれに違っていた。その前の昭和十六年にも太宰は「東京八景」「新ハムレット」「千代女」「駈込み訴へ」等続々と刊行している。まことに眩ゆいばかりである。

遠い所から、同年同月一日ちがいの生れである薹《とう》のたった文学青年は、ときどき健羨やるかたなしの眼で彼を仰ぎ見ていたのである。そのくせ太宰の小説を私はほとんど読んでいなかった。戦後になって「満願」や「津軽」を読んで、はじめて彼の愛読者になった。それまではどうやら、何となく憎らしい眼つきで、私は彼を見ていたにちがいない。ところでその古いハガキの文面は、次の通りである。

「拝復、井伏氏宛の貴翰、ただいまお留守宅より廻送して来ました。御承知の如く、井伏氏は昨秋軍報道員として南方に派遣せられましたので、お留守のおかたたちでは、貴翰の趣、わからないので私に相談して来られたのです。貴翰の趣、井伏氏の作品を収録しても、さしつかえ無いのぢゃないかと思いますが、とにかく私の独断で、その責任も私が背負はなければならぬのですから、シッカリおたのみ致します。以上」

事務的な返事でどうということもないが、井伏さんの代りに、思いもかけぬ流行作家からのハガキを貰って、そのときどんな思いをしたのか今はさっぱり何の記憶もない。私自身、十五年も勤めた会社をやめて、兵隊逃れのために軍需会社へ入社運動をしていた最中で、おまけに女房の出産費用を稼ぎ出すために、早々にこの本を出したかった頃であった。心もからだもソワソワして落着きのない日々であったと思う。

もう一つの近松秋江のは、たった一行「拝復　お申越の件承知しました　草々　七月三十一日」とだけであった。細く尖った字体で、どこか弱々しく神経質なところが感じられた。「別れたる妻に送る手紙」や「黒髪」のあの嫋々とした文章から想像していた作者らしくないような気がしたのを、ぼんやりとだが覚えている。両眼とも見えず娘の手にすがって、細々と生きていたというから、このハガキはその娘さんの代筆かもしれない。年譜に依ると、翌十九年四月に、破滅型私小説作家といわれたこの秋江は没くなっている。六十八歳。

五十銭のハガキの中に、伊藤整のが一枚ある。昭和二十三年？　のスタンプが消えかかっている。このころもまだ粗悪な紙で、今よりぐっと小さい型のハガキに、小さな達筆で流れるように書いてある。

「その後お元気ですか、小生の本の件はどうなったでせうか、若し事情が悪くって当分出せそうもありませんでしたら、小生はかまいませんから、送り返して下さいませんか、あまり遅れると具合が悪いのです、いづれにしても様子を御一報願い上げます」。

戦後直ぐ私は、今度こそ自分の働き甲斐のある場所として出版社を選んだ。方向音痴の私が、探ね探ねして、東京府下日野町芝山というところの野原の真ん中に、ポツンと一軒だけある家に住んで居た伊藤整を訪ねた。そのときに貰ってきた原稿が、闇紙の手筈がつかず、刊行がのびのびになっていたのを案じて寄越したものらしい。その本はついに出せず、私は社長と喧嘩別れをした。

あのとき、ものしずかな微笑で迎えてくれて「初めてあった気がしませんね、あなたとは」と言って呉れた四歳年上の伊藤整も亡くなってもう何年経ったかしら……。

二銭と五十銭と五円の古いハガキを、縁側の陽のあたるところに読んだ順に並べて、目をつむったひょうしに、ふらふらと躰ごと霞の中へ沈んでいくような気分になった。

古いハガキを一束にして新しい袋に入れて、私はその上に「保存」と書いた。

（五十二年六月）

ある老人のこと

奈良から電話がかかってきて、今朝Iさんが亡くなったという。明日の日曜日、ルーテル教会でお葬式があるという。書斎でつくねんと頰杖ついて、硝子窓の向うのつめたいトタン塀の上のちぎれ雲が、何か魚のえらのような形だなと思いながら見ていたときである。

Iさんはかつての私の上司で、十年間ほど机を並べて仕事をしてきた仲間である。その仕事というのは、大学の図書館の事務のことで、日がな一日、本ばかり見たり読んだりいじくったり、時にはそれを持ち運びしたりする仕事である。

Iさんは戦前ずうっと朝鮮に居て、新聞記者勤めの、それもかなり派手で荒っぽい暮しをしてきたらしく、いまは国立大学のお役人らしくない口振りで、ときどきチラリと匂わすように、かつての奔放でいささか無頼な遊びの名残りの病気のことまで洩らすときがあった。年齢は私より十四、五歳上で、痩せぎすの猫背で、年中からだ中痒がっていた。皆が、あれは外地でもらって来た厄介な「カユイカユイ病」だと言っていた。

言葉遣いには少々伝法で乱暴なところがあったが、気立てはどちらかといえばこまかい方で、自ら磊落をよそおう衒いもほの見えた。物識り世間識りといったタイプで、年相応に古風なことはよく心得顔だった。早稲田の政治科だか法科だったかを出ていて、法文のことなどよく知っていて、会計課に勤めながら夜間大学に通っている青年がよく、「法令」の説明をききに来たりしていた。

対話に癖があって、相手が何か問いかけると、きまって、「ヘッ?」と聞えなかったふりをする。もう一度同じことを繰返すと今度は、どうやらものぐさそうに返事をする。めったに一度ですらりと返事をしないのである。ことさら初対面の人には大概図太い横顔を見せた。

「ヘッ?」と聞えないふりをする間に、答えの吟味をしているようであって、こずるいところがあった。長いつきあいでそれを知っているので、こちらは一ぺんきりしか言わず、「ヘッ?」と言われても、わざと知らん顔を通してやると、仕方なく一寸間をおいて、何かなししぶしぶ答えるふうなのであった。

京都弁でいう、「あのなあへえ」という問いかける言葉があるが、あれの逆のようなものので、あのなあへえの方は、先方にある種の構えを準備させるための間合《まあ》いをはかった遠慮の気味があると言えるが、Ｉさんのそれは、ぶっつけ本番の問いかけに対する一種の拒絶反応のようなものだったかもしれない。長年出入りしていた書店の青年が、「Ｉ先生の、例のへッ？　には随分手こずらされました。とにかくあの手にかかると、商談に二倍の時間がかかりますからなあ」と笑ってぼやいていたことがある。

あともう三年勤めれば年金（昔の恩給）が貰えるというときに、日頃犬猿の間柄だった小役人根性一筋の庶務課長とのいさかいで退職したのだが、そのときはたしか六十七歳だかになっていて、退職金の尽きるまでの寿命を生きることにしたと言っていた。つまり、あと三年、七十歳まで生きるとして、退職金を三で割って一年幾ら遣うという寸法で算盤をはじいて鷹揚に割切っていたら、その七十歳を越す頃になっても元気でカクシャクとしていて、いっこう寿命の尽きる気配がない。予算はつきるし気が気でないのだ、といったふうなことを、元の職場へ来て私の傍でニヤニヤしながら喋っていた。そのときは図書館から、「准南子」を借りてかえった。

油絵を画くようになったのはいつ頃か知らないが、退職してから毎日のようにスケッチに出歩いていた様子で、私の退職する時には、記念だといって静物を画いたのを手製の額縁に入れて、わざわざ持って来て呉れた。

その、ガマの穂等を画いた油絵をはめこんだこぢんまりと器用に出来た額は、三間しかない私の家の一番広い六畳の間にいま掲げてある。この絵は、朝起きるときに、どうしても眼に入る場所にかかっているので、それを見ながら着物をきるかたちになる。ねたままで見ていると、色彩がごく地味でその地味な暗さが、変な形容になるが、西洋菓子の上等の、あのほんのりと甘くてふっくらしたバタくささのような味が、何処かに感ぜられるのである。

静物は何かの花なのであるが、何の花というより、絵全体の暗さが妙にハイカラで、一種の気持ちのよい厚味と、シットリした手ごたえのようなものがあり、いつも起床のときに、これはひょっとしたら傑作かもしれないな、と私は思ったりするのである。二十世紀の初めに死んだグルモンというフランスの詩人が残した「薔薇連禱」という長い詩の、その中の一節に、

瓦色《かはらいろ》の薔薇《ばら》の花、煙のやうな道徳の鼠絵具、瓦色《かはらいろ》の

薔薇《ばら》の花、おまへは寂しさうな古びた床机《しやうぎ》に這《は》ひ
あがつて、咲き乱れてゐる、云々……（上田敏訳）

というのがあるが、その中の、瓦色だとか煙のような道徳の鼠絵具だの、今の若い人の見たこともなさそうな床几だとかのイメージから受ける古色の、どこか物寂びて褪色したろまんちしずむの風韻のようなものが、このI老人の晩年の作品に沈澱しているように思われてくるのである。私にはこの作品の古ぼけたハイカラさが今も何となく快よい……。

Iさんは七十六歳で亡くなったことになる。自分の予定より六年だけはみ出したわけだが、その予定外の六年分の生計費をどう賄っていたのか知らない。

この三月、最後に出あったときは、すこし歩行が怪しくなってきたと言い、頬がいやに赤らんで湯上りのようにさえ見えた。無口になって、大儀そうにからだをゆらゆらさせていた。「老人」というものが私の横に、横の世界にぐんなりと坐っているのを強く感じた。それは一種異様な酩酊感であった。

ルーテル教会で、柩の上に置かれた写真は、チョコンと珍しくベレー帽をかぶり、ふくよかに笑っていてその笑くぼが見えた。いかにも好々爺らしく見えた。「ヘッ？」と一度

だけは必ず聞えなかったふりをする、あのこずるい大陸浪人型のおじいさんにはとても見えなかった。

（四十八年三月）

老い

このごろの手にとる書物の中で、心にとまったものは、やっぱり老いについて書いてあるものであった。正直に心の前にヴェールを置くことなしに書けば、そういうことになる。我ながら年寄りくさくなるのを、どうとどめる由もない。私にとって極めて自然であるものを、どう庇い立てすることがあろうかと、心中キッとするところに、おかしな見栄があるようでもある。毎号送って呉れる詩の同人雑誌の中に「匈奴」というのがあって、その十八号に、九州の丸山豊さんの「私のための道しるべ」という作品がある。それを引用させていただく。

そのときが来たと知ったら

水が砂原に滲みるように
光が岩のおもてを這うように
しずかにこちらへおいでなさい
ためらわず
おそれずに

あの
去るために輝いていた邦で
あなたが忘れてきた小さな針
必ずしもそれが
針であったとは思わないけれど
あなたが残した汗一しずく
あれがたしかに
汗であったことは信じよう
その他にはなにもなかった

その他にはなにもない
この鬱のない世界
逢うために輝いている時間へ
ゆっくり溶けこんでください
気負わずに
素はだかで

丸山さんは、たしかお医者で私と大体同年配であるように記憶している。「小さな針」は、丸山さんでなければ、それは大概の人のたぶん持てなかった言葉であったであろうと思う。私なら何と書けばよいか、残念ながら「小さな針」のようなものは何もない。それどころか、「汗一しずく」もない。私なら何と書けばよいか、いや何と書けるか。忘れるものも残すものもなく、それっきりである。「なにもない」のである。その他にもその前にも。どうやら私にとっては、丸山さんの第二連を書く資格がないし、たとえ虫眼鏡で見て、その何十分の一ぐらいの僅かのものがあったとしても、私は書かなかったろうと思う。

私の唯一の取柄は臆病なことだ。「リヤ王」の道化師は言う。「聡明になるまでは老いるべきでなかった」。

しかし、私と同年配の老年期にさしかかった丸山さん（まだ一度もお目にかかったこともないが）のこの作品を読んだことで、私は丸山さんの現在の心配りがよく判ったように思えた。若しいま、偶然にでも目の前に当の御本人が現れても、私は少しも照れくさい思いをしないで、気易く「今日は」とお辞儀することが出来るだろうと思う。たぶん、丸山さんも、目の前の、何の自信も気働きもない貧相な老人を、親しいまなざしで見て、「今日は」といって呉れるであろうと思う。「私のための道しるべ」のような、自分に言い聞かせてやるものを持たない私を、丸山さんの「一本の針」はやさしく納得して呉れるだろうことを、私は何となく知っているからである。

ひまつぶしに、ぶらりと出かけた本屋で、文庫本の「シルヴェストル・ボナールの罪」を買ってきた。若いとき、他の出版社から出たのを持っていて、その当座は二、三頁で放り出したしんきくさい色気のない翻訳本であった。伊吹武彦訳、アナトール・フランス作。いま百頁あまりのところを「しずかに」読んでいる。これはしずかに読める本である。こういう作品が（筋ともいえない筋のながれのある）面白く、しずかに読めるというのは、いま私が老人になったためであろうか。ところがこれは（見事な翻訳の文章）作者の三十七歳のときに書いたことを、いま初めて知ったのだが、そんなことは少しも気にならずに、私流に言うと、老年をからかい、老齢を慰め、そして老人をはげましてくれるような物語――文学に、これはさらりときれいに出来上っているのである。（構成に難ありという批評もうなずけるけれど）アナトール・フランスという人は、自分の聡明さにがっかりして、老年を先取りして歩いた人ではなかったかとさえ思う。「エピキュルの園」は、昔からの私のむつかしい愛読書であった。彼はそれを五十一歳で書いた。そしてもっと好きな「我が友の書」は、四十一歳の著作。彼の、おそるおそるの稚いファンであった私も、知らず知らずアナトール・フランス風の若年寄りを、あの眩ゆい懐疑主義精神を、全く未熟に真似ていたのかも知れない。

モンテーニュにしろルナンにしろ、モラリストと言われる人達は皆、どこか若年寄りの気風みたいなものを持っていて、懐しそうに、じっくり長い時間をかけて、人間性の隅から隅までをみつめることを、何よりの愉楽としていたような気がする。長生きしただけの人生の味わいを、ゆっくりからだに滲みこませてから、滋養のかたまりのようになって死んで行ったようにさえ思われる。サント・ブウブが「老いをかこつのがやはり唯一の長寿法だよ」と言ったのがこの本の中にも出てくるが、彼等のかこち方の、何と優美でおだやかで、そして何と逞しくあったことよ。

　この本の終りにある「略年表」を見ると、アナトール・フランスは、七十歳の頃「心楽しまず。自殺をさえ思う」と書かれてある。しかし、それを乗りこえて一九二四年八十歳で死に、国葬になった。アナトール・フランスは、初めから老い、しまいまでその老いを大事に成熟させた人ではなかったかと思う。サント・ブウブに倣い、アナトール・フランスに学び、それから丸山豊さんの「一本の針」「一しずくの汗」を念じながら、私もこの老年を、大した不幸もたいした喜びもなく、一足ずつしずかに歩いていけたらと思う。「弱いものの力であるあの頑強なしずかさで」歩いて行きたいと願う。

（五十一年五月）

さびしがる

小林勇さんの「人はさびしき」という本（エッセー集）の書評が、新聞に出てから二、三日して、近所の大きな本屋に行った。新刊棚をいくら丁寧に見ても見当らず、意を決して古参らしい店員にたずねると、あれはもう売り切れましたと言う。ついでのことに散歩がてらもう二軒たずねてみたが、どの店も売り切れだという返事がかえってきた。

うちへ一週間に一度ぐらい話しに来る老人も、本の好きな人で、この書評を見ていて、「私もあれを読んで、直ぐその足で近所の本屋へ行ったら、三冊ほど来ていたが昨日で無くなりました、直ぐ取寄せますが、一カ月ぐらいはかかりますよ、と言われてガッカリした」と笑っていた。書名と書評が気に入ったからと言う。

書評が出て短時日の間に、スッとどこもかも売り切れというのだから、書評の効果影響というのは、びっくりする程であるらしい。一流新聞の書評で、その書評が大へん良かったからというだけでなしに、この書物の内容を要約して、大見出しに、「孤独の虫に映る人々」という表現が、「人はさびしき」という本題にぐっと色濃く味つけされて、かなりの読者層、特に老人層（又はそれに近い年齢層）に訴えるものがあったのに違いないと私には思われた。

「人はさびしき」という本の題名は、率直に言って、いかにもセンチメンタルであって、まだ若い著者の抒情的な歌集のような場合はさておき、（それも今どき珍しいが）一寸本の題名には何となく気恥ずかしいものがつきまとうているような気がする。著者の好みではなく、出版元の意向から生れた題名かどうか、そんなところはもとより判らないが、その題名にきめるのに、いささかは著者に躊躇する気持ちの幾分かは、あったのではないかと、いらざる推量をするのも、こっちが著者とほとんど同世代人であるからであろうか。

どうも、いきなり「さびしい」とか、「かなしい」とかというべったりの本の表題は、これまであまり多くは見られなかったものだ。古いところでは、加能作次郎の小説集に、「寂しき路」とか、久保田万太郎の小説「寂しければ」ぐらいではなかったか。どっちも大正時代の本で、エッセー集ではない。もっとむかし、ハプトマンの戯曲に、「さびしき人々」だったか、そんな題のお芝居があったと記憶するが、それはそれで、これとはすこし趣がちがう気がする。エッセーと戯曲の題名というちがいだけでなしにである。

それはそれとして、大雑把ないい方でおかしいけれど、本を読む階層にも、さびしい人がたくさんできてきたということになるのであろうか。それとも本の好きな人には、さびしがりやが多いということでもあろうか。

「孤独の虫に映る人々」が、あっちにもこっちにもたくさん居るということであろう。世間に名も無く、自分も書かず、他人も書いてくれず、何一つ自分というものを現さずじまいで、この世を終る「さびしい人」が大抵なのである。さびしいということを、まともに他人の顔にぶつける勇気はなくても、さびしい人のことを書いた本を読んでみたいさびしい人が、随分いるということであろう。それからまた、孤独ということに自分から甘えてかかる人も多いだろうし、年をとるにつけ孤独のたよりなさ、さびしさというものが、本当に肌身についてくるということもあろう。それから、さびしいということと、こわいということは、感情の上ではどうやら縁つづきのように思われる。この時代の、何となく終末観めいたものでじりじりと固められてきた、身動きできぬ恐しさが、ヘドロのようにそこにもここにもべっとりとある。恐怖の上皮を彩るさびしさ……。それもある。

老人の人口が急激に増加してくるこの時代である。さびしいという感情を、顔やからだいっぱいにくっつけて、児童公園や、盛り場の裾の方をチマチマと歩いている老人を沢山見かけるようになった。

若い時には、老人の姿を見ても、ただの属目風景の一つとしてしか見ていなかった。土埃りぐらいに見ていたのかもしれない。それが今では、老人にとって、老人ほど目立つ存在はない。老人だけが「さびしさ」を一人占めしているわけではないが。

うちへよく話しに来るしっかりもんの老婦人は、このごろ買物籠を下げてスーパーや市場通いをしている年寄りが、日増しに増えてくるような気がすると話していた。何となく眼があうと目礼のようなことをするが、そのときは、私は年をとっても結構さびしくはありませんよ、市場へ来るのも忙しい中からひまを見つけて、いま飛んで来たんですよ、といった眼つきになって、買物籠をいきなり元気よくぶらんぶらんと振ってみたりする老人があるそうだ。ふり返ると、きまって向うもこっちを、しょぼんと見ていたりする……。

「そんなときは、きまりが悪いより、もっとさびしい気がします、云々……」

ところで、本屋で、「人はさびしき」を買いに行った私も、古参の店員に、「人はさびしき、という新刊本はありませんか」と、ひらき直って聞くのは、いささか恥ずかしかったのである。すくなくとも煙草屋でハイライトを買うようには気軽くはなかった。できることなら、書棚から抜いて直ぐ、だまって勘定場へもって行きたかったのである。そのままスッと帰って、箱の書名を伏せて家人に見られないように、コッソリ読んでみたかったのである。

今日も本屋で、小さい声を出して、「人はさびしき」という本はありませんか、と恥ずかしそうに聞いている眼の悪そうな老人を私は想像する。そしてそれだけで、何とまあ人は、年をとるに従ってさびしがりやになるんだろうと、さびしくなる。

（四十八年十月）

同人雑誌のころ

昭和五年に、野殿啓介、稲富鐐二、大沢孝と私の四人で「白鮑魚」という詩の同人雑誌を出している。上記三人は夫々ペンネームで、私だけ本名で書いている。どうして「白鮑魚」というへんてこな名にしたのかをよく覚えている。場末の支那料理屋で会合して、どんな誌名にしようかと相談していたとき、その店のメニューに、ポーパオユーとフリカナをつけたのが目についたので、私が、これどうやと指で押えた。フランス語を独学でマスターしていて、コクトオの詩やアラゴン、ヴァレリ等の作品の翻訳もしていた大沢孝が一番はじめに「うん、エスプリがあるねえ」と賛成し、あとの二人もわんたんをすすりながら、何となくうなずいたようなので他愛なくそうなった。いまだにその「白鮑魚」（ポーパオユー）という料理は食べたことはない。私の手許に残っているのは、そのD号及びE

号で（どうして四号五号としなかったのか、これもエスプリの都合かも知れぬ）アートペーパーを使って表紙は二度刷、大判でノンブルなし・薄っぺらで一〇SENと出ている。みんな徴兵検査のちょっと前か、直ぐあとくらいで、偏屈で照れやで貧乏で、そして世間知らずの野心家だった。シュール・レアリストの大沢孝は数年後、肺病で死んだ。死ぬ間際に両親に片方ずつしっかり手を握らせ、大声でお念仏を唱えてくれとせがんだ。野殿啓介は何度も自殺に失敗し、何故か親指を鉈で切り落してから行方不明になった。角帯をしめ白足袋をはいたボードレリアンだった。丈夫で実直のかたまりみたいであった稲富鐐二は、何度も戦火をくぐってきたが、何度も達者で帰還して来た。それ以降ふっつりと文学を語らなくなった。その稲富と、二十歳まで持つまいといわれた虚弱体質で、赤面恐怖症の私だけが、まだこの世に残っている。

絵専の学生を主体にした「青樹」は、天野隆一主宰のハイカラな同人誌で、神戸のブルジョワの息子だった山村順等も入っていて、私達の「白鮑魚」のエスプリとは、そのハイカラさの質が違っていたらしく、それに年齢の差も加減してかお互いの往来は無かった。そういえば、労働者や職人ばかりの地道な同人誌「轟々」の連中とも知り合うことはなかった。みんな夫々に気負うところがあって、ろくすっぽ他人の作品を読みもせず、知ろうともせず軽んじ合っていたようで、自分等の畑の中だけで、若い肩肱を張っていたのかも知れない。

安藤真澄や半井康次郎達の「轟々」も「青樹」も、大正十四年一月に創刊されていて、前者は二十号まで、後者は五十五号まで続いたと、天野隆一の労作「京都詩人年表」には出ている。大正十四年というと、中原中也が立命館中学を卒業して東京へ出て行った年で、それまで中筋通米屋町角の家の二階に下宿していたという。その中原中也と面識のあったのは、私の知人では「轟々」の半井康次郎だけで「そんなに目立った男ではのうて、品のええぼんぼんみたいやった」と語っていたことがある。その同じ年の暮れに、同志社の学生達、児玉実用（笛麿）、鄭芝溶等の「自由詩人」が出ている。

大正十五年に東京で百田宗治が「椎ノ木」を創刊したのに安藤真澄や河東茂生が同人参加し、翌昭和二年に椎ノ木叢書の第一集として、安藤の処女詩集「大道芸人」が出た。三好達治、伊藤整が激賞したというその詩集を、本人は一冊も残していなかった。どうしたと聞いたら「仕事の邪魔になるさかい皆焼いてしもうた」とあのぶ厚い唇で無愛想に答えた。戦後はじめて彼と知り合ってからの話である。頭が天井につかえる狭い中二階の汚ない仕事部屋で、若い女の持つパラソルに花の図案を描いたりする職人仕事をしていた。根っからの好人物で、その日暮しで、金が入ると直ぐ大酒のみになった。「……ふりまらに秋風が吹く……」と書いたさびしいあの時代のデカダン詩人でもあった。

詩誌「轟々」には、高橋新吉や林芙美子の亭主だった野村吉哉も作品を寄せていたという。私達の「リアル」も、野間宏、富士正晴等の「三人」も文芸同人誌であったが、前者は昭和九年創刊、弾圧されて廃刊するまでそれでも十三号出た。私の書いた詩やエッセーは、その時代に於ては、余りにも自分の個に偏した半端なものだった。作品まで赤面恐怖症にまみれていたようだ。同十年には、京大生の井上靖の「聖餐」、同十一年には、倉橋顕吉等の「車輪」が出ている。京都二中を出て、京都中央郵便局にも勤めていた倉橋は、あの時代を最も真剣に生き学び歌い、そのために苦しんだ代表的な庶民詩人の一人であった。肺患で三十一歳で死んだ。「現代史研究八号一九六三・三」で吉本隆明は書いている。「……詩人倉橋顕吉を回想することは古典時代の庶民詩人の哀しさの意味を問うことである。その哀しさが現在わたしたちに与えるものは何かを感受することである」

——わが親しき詩人たちよ。
人間界の野良犬として、

吾々があのシェパードでなく、
狆でなく、
フォックス・テリアでなく、
一介の浮浪犬である事を誇らう。

（倉橋「詩人よ野良犬のごとく」の前出部分）

戦前の「古典時代」を一途に生き、そして死んでいった詩人達の哀しみは、まだ私達の日常性にもひそんでいる。あの時代とは違った質の尨大な虚しさの裾に残っている。「一介の浮浪犬」でもなくなった現代の詩人は何を誇るべきか。

（『天野忠詩集・日本現代詩文庫11』土曜美術社刊・一九八三年十一月、より）

好日

七、八年ぶりの長浜の町をぶらついていた。豊公園へ行く道を、通りかかった娘さんにたずねると、丁寧に教えてくれて、お辞儀して歩きかける私に「どうぞお気をつけて」と見送ってくれた。お気をつけて、が嬉しかったので、もう一度お辞儀をした。

このへんの気風は、人あたりがやわらかでいいな、そんな感じで歩いていて、ふっと、こっちの歩きっ振りが、思わず、お気をつけて、と注意されるほど、よぼよぼと頼りなげだったのかな、と気がついた。そして苦笑した。いや、そうではあるまい、年令の割には自分の足腰は、まだまだシャンとしていて、この間も同年配の友人が、バスの中から歩いている私を見ていて、随分活潑な歩きっ振りだねえ、姿勢の良いのが羨ましかった、と本気で褒めてくれたことがあったくらいなのだから……あのやさしい娘さんは、老人に対する親切な心配りから、お気をつけてと云ってくれたにちがいない、とそう思い直した。これが薄情な都会なら、そのへんでタクシーを拾ったらいいだろうぐらいで、突き離されたかも知れないのに、と思ったりもした。

どっちにしても「どうぞお気をつけて」と見も知らぬ老人に言葉を云い添えてくれる娘さんが、そんなに沢山いるとは思えない。この長浜は、母親の生れた国友の直ぐ近くの古い町である。やっぱり母親の生れ故郷の土地柄はいいな、と否応なく身びいきする気持ちが湧いてくる。めったに遠くへ出ることのない自分が、今日この地で催される友人の出版記念会に、何をおいても出席する気になったのも、それが母親のゆかりの長浜だったからでもあるのだ。遠い昔に亡くなった母親が、草深い田舎娘の姿のまま、賑やかなこの町通りを、物珍しげにキョトキョトと歩いている風景を、さっきから自分にそれをなぞって、楽しんで、わざと道に迷ったりして歩いているのである。

すこし行き過ぎたかも知れない、と気づいて、今度はしずかな町並みを自転車で来る中年のおばさんに声をかけてみた。

「……元浜町はこの道でよろしいのかしらん」自転車からサッと降りて、ぶ厚い半オーバーを着た恰幅のいいおばさんは、さっきの娘さんより口数の多い教え方で、自分の厚い胸もとをこっちに押付けるようにして喋った。今度は「どうぞお気をつけて」は云われなかったけれど、私はニコニコしてお辞儀した。道順は、そのくせ、聞かなくても、大体分っていたのである。何も自転車で来る人を呼びとめるまでもないのに、まるで、さっきの娘さんの親切がホンモノかどうかを、もう一度ためしてみるつもりだったみたいである。小川の傍の古い土蔵に、淡い夕陽がさして、その前でうちの孫くらいの女の子が一人こっちを見ていた。「今日は」と声をかけると、恥ずかしそうに下を向いた。

友人の出版記念会の会場は、この町の料亭らしい名前の橋本屋というのだが、そこへ行く前に、大分定刻より早いので、本人の住居の方へ寄って一緒に会場へ行くつもりだった。友人は私と同年、夫婦二人きりの暮しで、この町で一軒きりになった古本屋を経営している。大方はしっかり者の奥さん任せ、というより本人は店番だけでもむつかしい程に、眼も耳も悪くなっているらしい。店は閉まっていた。戸の隙間が開いているので、ギリギリと押し開いて、カーテンを潜って、店の中へ入って行くなり、障子の向うから賑やかな笑い声が聞えてきた。息子夫婦、娘夫婦や孫達が来ているらしい。今日はおじいちゃんのお祭みたいな日だから……こっちも微笑みながら、黙って立ったままでいると、帳場の障子が開いて娘さんが顔を出した。奥さんによく似ていて、笑顔のきれいな、愛想よしだ。その昔、一度ここに泊めてもらったことがあり、そのときもたまたま、嫁ぎ先の神戸から遊びに来ていた。

「あのときは娘一人でしたが、いまはもう三人の子持ちになりました」そうですか、とびっくりする。皺だらけの手の甲を何となくさすりながら、へえーっとぼんやり見つめている貧相な自分を、うちのおじいさんみたい……と娘さんは思ったかも知れない。そこへ奥さんが出て来て、そのうしろから、耳も眼も、そして足もとも、七、八年前のそのときより、もそっと劣えた心許ない様子で、狭い土間の上をすり足で、当家の主人がよろよろと来て、

「おお、来てくれてやったか、おおきに有難うさん、おおきに」とあらぬ方へ手を差し出してきた。その手を案内するように、こっちへ引寄せて、そして、丁度外国人がよくそうするように、何となく男が男を抱擁するかたちになった。どっちも七十才、しかも同じ月の生れである。自分のからだを自分で抱いているような気持ちになっている。その脆さ、そのありよう、その懐しさ。暗い古本屋の狭い土間で、皺苦茶の老人と老人が抱き合ったまま、しばらくだまってそうしていた。

テレビドラマを見ていて、思いがけず、ジワリと涙がにじんできて周章てるときがある。

昔はこんなことはなかった、口惜しい気で傍にいる女房に見られたくない。さりげなく拭きとろうとして、直ぐ感づかれそうに思う。それとなく相手をうかがうと、その相手も同じように、うるんだ眼をパシパシとまたたいている。お前もか、なあんだ。それから老夫婦いい合わしたように、洟かむふりをして、ついでにサッと眼のあたりも拭いてしまう……。

帰りの汽車の中で、しかし、あの古びたじいさんのからだを思わず抱きしめて、お互いに無言のままでいて、じわりとにじみ出てきたあいつは、ニセモノではなかった、と思いつめていた。

今日は好い日だった。あの町並みのおっとりした風物も、親切な娘さんや自転車のおばさんも、古本屋の友人一家の団欒も、そして皺ぶかいこの顔に、ポツンと湧いて出たあの懐しさのかたまりのようなあいつも、みんな好かった、そう思っていた。

（『天野忠詩集・日本現代詩文庫11』土曜美術社刊・一九八三年十一月、より）

III

『木洩れ日拾い』より

仏壇のこと

新聞にはさまれたチラシの中に「転落崩壊涙の店じまい。仏壇の大安売り」というのがあっておかしかった。実物の写真が出ていて、いろいろある。値段もいろいろ。百五十万円もするのは彦根仏壇といって、三方開きで、高さ一六三センチ、巾一一〇センチなどと書いてある。一番安いのでは六千円で、これはおもちかえりと小さく出ている。このところ物の値段がどんどん急上昇しているのは承知済みだけれど、仏壇となると「大安売り」と書いてあってもどれだけ安いのか見当がつかない。

仏壇も立派な商品だから、大安売りをしてもほんとうはすこしもおかしくはないのだが、それでも何となくおかしい。ことが人間の魂の安息所に関わるからかどうか。「涙の店じまい」は、文案を考えた人の顔を想像したくなる。「転落崩壊」した店主の家の仏壇はどんなのであろう。

いまあるうちの仏壇は、所帯を持つときに買った。百貨店で、たしか七円五十銭だった。特価品ではなかった。一番小さい、黒たんのように見える仏壇である。あれからもう四十年以上経っているが、中に入っている位牌は三つで、父母、祖父母、長姉、もうこれ以上は入らないのだが、この次は、順番からいって私のが入るわけだが、この小さい仏壇ではもう無理であろう。女房か息子かが、それこそ「涙の店じまいの大安売り」で、もうすこし大きいめのを奮発せねばなるまい。しかし息子の方はあてにならない。いつかひょいとこんなことを言った。

「この仏壇も中のものを全部放り出して、ウイスキーのボトルを並べると、一寸したアンティクになるねえ……」少々陰気だが、そういえばそうなるかもしれないなあ、とそのとき一寸、私もそう思った。

こんなことを思い出す。私の家から四、五町北の方の、たんぼに囲まれた閑静なところに（今はもうギッシリ家がたてこんでいるが）住んでいたSさんのことである。散歩の途中で、その家の前に「古本」という小さな看板が出ていて、オヤ、こんなところにと驚いた。表の格子戸からゆったりした前庭があって、玄関の戸が開いている。おそるおそる中を覗くと、上がりがまちに普通の書生用の本棚が二つ並んでいて、スキ間だらけに本が立っている。雑誌もいっしょに立ててある。これでは夜店でも、茣蓙一枚ぐらいしか出せないなあとおかしくなって、頭を引込めようとすると、音もなく隣の襖が開いて、当家の主人らしいゴマ塩の、何かゴツゴツした顔の人があらわれて「いらっしゃいませ」とお辞儀されたので驚いた。その人がSさんだった。戦争のとき、宣撫班とかで南方へ軍に同行したことがあるという。道理でさっきのさびしい本棚の中に、とりわけ大きい部厚いマレー語の大辞典があった。戦後貿易の仕事をしていたが失敗して逼塞しているのだが、売るものが無くなって、みすぼらしい自分の蔵書をこんな形で二、三日前から出してみたが、客は一人もなくあなたが初めてですということだった。ものしずかな人で、というより人慣れぬ人とでもいった方がぴったりくる口振りで、モゾモゾと話した。

そのときもう一つ驚いたことに、茶の間に招ぜられてお茶のもてなしをうけていたときに、次の部屋を開けて仏間を見せられたことである。四畳半ぐらいの大きさいっぱいの仏壇が、金色燦然として置かれてあった。個人の家にそんなに大きな立派すぎる程の金ピカの仏壇を見たのは初めてで「先祖代々うけついでいます」と、この実直で、いかにも商売には不向きな人物は、おちょぼ口をして何故か嬉しそうに、ホホと小さく笑った。

その後このSさんから、東京の神田の賑やかな商店街で「茶」の店を出したという便りをもらった。東京出張の時間を割いて、私は神田の街をキョロキョロ探しまわって、やっと見つけた小さな「お茶屋」さんは、平家の二間きりのそれも三角形の家だった。奥さんと三人の子供と計五人がここで寝起きしているという。表の二畳ほどに商品を入れた茶壺や箱やそれらしいものが置いてあり、腰かける場所もないので、狭い戸口で私達は挨拶した。

「お蔭様でお商売の方は何とか……」と、ふっくらした頬を赤くしながら、体格の大きいそして主人同様口数のすくない奥さんは言っていたが、その五人が寝起きする奥の六畳位の部屋には、昔のままのあの金色燦然たる大仏壇が、如何にもこの家の象徴然として、どっしりと置かれてあった。「あの金ピカの大仏壇の前で、家族五人がどんな工合にからだを縮め合って寝るのだろう」と私は頭をかしげたくなった程だった。

そのSさんは、やっぱり茶の商売も立ちいかなくなって、新聞を見て応募した保険の外交員になったと風の便りで聞いた。あんなに口の重い世間慣れない人が、およそ正反対の外交員の仕事をして長つづきする筈のありそうにないのだが、それが立派に成功したのである。口下手で律儀いっぺんとう、それが一番の武器になったのかも知れない。そうだとすれば、世の中の仕組みは面白いものだ。正社員になり定年まで好成績で勤め上げたばかりか、嘱託で後進の外交員の指導役まで引き受けていますと、奥さんから達筆で書かれた長い、ほんとうに久しぶりの手紙がひょっこり来たのでまた驚いたのである。中央線の郊外の方に閑静な居を構えているという。子供達は皆大きくなって夫々に独立して家を離れ、中でも出来の良かった長男は外務省に勤めている由。今は二人きりのひっそりした余生をおだやかに暮らしていることであろう、あの大きな金色燦然たる仏壇と一緒に……。

仏壇の大売出しのチラシからSさんのことを思い出して、梅雨の半日をぼんやり暮らしてしまった。うちの小さな仏壇には、それでも私は毎日お燈明と線香をかかさない。神妙な顔をしてただペコンとお辞儀だけですますことが多い。モゾモゾと何か願かけを呟いているときもある。

水平にして

腎臓の患いで長いこと入院していたときに、そこの腕利きの、院長さんの次ぐらいの先生が、「ひる寝は大事」と教えてくれた。ひる寝にかぎらず、五分でも十分でもひまがあれば、からだを水平に横たえて、楽にして、ワシは休むことにしている、地球の重力になじむことはええことや、人間はもともとそうするように出来ているんだから……と六十を一寸こえたぐらいの、むっくりと肥えて大柄な医学博士は、やんちゃ坊主のようなイキのいい眼をして笑いながらそう言った。「とくにこの腎臓という奴は痛みを感じないから、つい動きすぎることがあるのや。長い長い辛抱第一や、とにかくひまをみつけて、水平にからだを横たえて、病気と一緒に休むことや」そして直ぐ掌をかえすように、バタバタと次の病室へ走るように出て行った。

見ていて、あのようにしょっちゅうバタバタと立働きの忙しい仕事のきつい人は、ひまをみつけて自分を横にゴロリとさせることが「ひる寝は大事」ということになるのだろうと納得していた。とはいえ、退院してからは、こっちも勤め人ではあるし、病後とはいえ、そう簡単にはゴロリとからだを水平にさせるわけにはいかない。年寄りでもないし、またそんな気もおこらぬほどに七分通りの癒り方をしている。あとはそんなに仕事に精を出さぬことだと、勝手に割りきっていた。その方が都合が良い。

勤め仕事の昼休みになると、椅子をもう一つ向こうに置いてそれに足を投げ出して、それでもまあ半分だけ水平に近い形で、からだを楽にして、からだの底の方にまだ不満そうにくすぶっている病気の頭をやんわり撫でて、子守歌を歌ってやっている気持ちでいたりした。「ひる寝は大事」は、本式には定年退職してからのことだと覚悟していたのである。

元気で無病息災の同僚連中は、休み時間には戸外に出て、よくソフトボールに熱心だった。ソフトボール相手に、三人の子持ちのおやじも、今年大学に入った息子を持っている女子事務員も、陽に灼けて跳んだりはねたりしていた。こっちは「ひる寝は大事」と呟きながら、ときどきぼんやり眼を開けて、その光景を、窓外の彼等の活発な動きぶりを眩しく見たりしていたのである。毎日そうして、楽に、しずかにしていた。それでも、あんまり手持ち無沙汰で、ピョコンといきなり起き上がって、百メートルほども走ってみたい謀反気がおこるときもある。ある日の昼休みに、ふらふらと外に出て、女子事務員のおばさんの投げるソフトボールを受けてみたら、いっぺんにドサンとひっくり返った。こんなものかと笑いながらびっくりした。まるで漬物の重石をうけとめたような気がしたからである。底の方で病気の虫が、キッと鋭く眼をむいたのにちがいないのである。私はひょろんと起き上がって、まともに投げもせず女子事務員の方へ、そろりとボールを地面に転がせた。

やっぱり、からだを水平に横にして、楽にして、じっとおとなしくしているにこした事はないのであった。若年寄りという綽名を、若いときの一時期仲間から貰ったことがあったが、そのとおり、名も中身もそっくり若年寄りになりきって、腎臓の患いが退散するまで、七、八年の間、そうっと大事な毀れ物を扱うように「ひる寝は大事」式の日常を重ねてきた。往きかえりの通勤電車も、必ず空席のあるのを見極めてからゆっくり乗った。ときたま立つときがあると、何かのホンヤク本に出ていたstand motionless（じっと立っている）という文句を、呪文のように、口の中で呟いていたりした。ゆっくり呼吸をして、眼を閉じて、頭の中では蒲団の中でからだを楽に横たえている自分を描きながら、愛想の無い顔をして立っていた。人通りのすくない目立たない場所に、郵便ポストがひっそり佇っているみたいに。

あれからもう何年経ったか、すっかりその病気の本筋からは放たれたところに来た時分に、今度は自分の老年が、うつむき加減にゆっくり、誰かを探すように近づいてきた。あの病気は、ひょっとしたら、私の老年を近づけさせないための、まあ言わば煙幕の役目をして私を守ってくれていたのかも知れない。そんな気がしてきた。

年長の田舎の友人が、ときたま、ひょっこりという形で「どうしてる」と訪ねてくれることがある。この人も長年、私と同様の病気で辛抱な苦労をしてきた人で、それが今は達者な足で、京の古い寺々を堪能するまで見て廻る。食事のあととか、一休みするときとかがくると、きまって「一寸、横にならせてもらいまっさ」と、座蒲団を腹に乗せて、手枕で、半時間ほどもクーッとひる寝をする。堂に入った眠り方で、身心とも十二分に休憩中という具合に見えた。めざめ方も鮮やかで、心おきなく用を足しましたという表情になる。「ひる寝は大事」と教えてくれたあの先生を想い出しながら、「あんたは上手に一服するなあ」と感心すると、あの病気のおかげで、という。むかしは虚弱児童の見本みたいなからだだったが、あの病気の躓きから、何となく、いつのまにやらずぼらに専念して、相手と馴染むようになって、お互いの手の内が分かってしまうて、ずるずると丈夫みたいな、ごまかしの生き方をしてきた、と言った。分かるようで分からないが、そういえばこっちも大体同じようなコースをふらふらと心許なく歩いてきたような気がしてくる。相手と自分と区別のつかないようなうっとうしい顔をして、ときには向こうが表になり、こっちが裏方にまわっていたり、古い縄のれんみたいに、よじれたりぶつかったり離れたりで、無事でも平穏でもない時間の埃を幾重にもかぶりながら、まあどうにかここまで来た、いつまでも病後ですという顔をして……そんな気がした。

「ひる寝は大事」を教えてくれた病院の先生は、つい二、三年前の新聞の死亡欄に小さく「老衰」で死んだことが報ぜられていた。長命であった。

日記帖のこと

　一頁に二日分書ける日記帖を重宝していて、もう二十年ほどにもなる。日記だけは几帳面につける癖があって、日常茶飯事や一寸した感想を七、八行、大きな字で書くのだから大して苦にならない。平々凡々の暮らしだから、読み返してみても、辛気くさくて、いっこうにパッとしたところがない。十年ほど前に、していたこと考えていたことと、昨日今日のそれとをいれ変えてみても、オヤッと気づく程のものもないくらいだろうから、随分進歩しない人間だなあと呆れる。それでも忘れずに、何か彼か文字を並べて、白いところを大きな字面で埋めていくことが出来るほどの、平穏無事の有難さというわけでもある。

　いまは十月の末だが、昨日本屋を覗いたらもう堆く日記帖が積んであって驚いた。私のお徳用日記は、人気があると見えて売れ足が早くて、ときに買い遅れることがある。あっちこっちの書店を、片っ端から尋ね歩いて、去年なんかは、場末のマーケットの一隅に、やっと売れ残りを見つけたくらいで、それはぎりぎり十二月の三十日の朝だった。見つけた時に、それが十月であろうと、直ぐ買っておけばいいのに、日記にかぎってその気にならないのは、我ながらおかしい。何故だろうかと仰々しく考えるほどのことでもないが、乏しくなる石油の買い溜めのようには、事が運ばないのがあたりまえのようでいて、またおかしいのである。あと二月すれば必ず要ると自分に分かっていて、今なら眼の前に堆く積んである、その御徳用日記を買う気になれない……結局は当方のケチ根性であろうと思う。ぎりぎりまで、十二月のせめて中旬ごろまで、それまではまだ残っているだろう、急いで買って、（ここからがおかしい）急にコロリと死んでしまったら勿体ない……。そんな心理（心理というより心底とでもいおうか）があってのことかと思うと尚更おかしい。道理で、十年二十年のんべんだらりと、かわりばえもしない茶飯事を飽きもせず日記に書きつづけてこられたものだと思う。長生きしたことを証明したいからかも知れないと、ひょいと思ったりもする。大田垣蓮月尼の手紙に「とかく人は長生をせねばどふも思ふ事なり不申、又三十にてうんのひらけるもあり六十七十にてひらく人も御座候事ゆへ、御機嫌よく長寿され候事のみ願ひ上げまゐらせ候」というのがあって、長生きせねばどうも思う事なり不申、は理屈だが、こっちには、その思う事といえるほどのものが無いので困る。ただもう機嫌よく長寿（寿という言葉にも気がひける）していることが、まあ自分の「うんがひらけ」たことと会得しているのだがどんなものか。

今年の春のある集会で、真面目な性格の研究会のような場所であったが、自己紹介の時間になって一人の老婦人が何気なく喋ったのを思い出した。常日頃しゃきしゃきした物言いをする性の人らしく、椅子に座ったまま、司会者の方を見て「私はまあ、いまのこういう勉強は、死ぬまでの時間つぶしだと思っています」とうすら笑いを浮かべた表情で言った。そのことが強い印象になって、いまパラパラと日記帖を繰ってみて、ああ、やっぱり書きとめてあるなあと思い出したのである。こういうのは日記の功徳というのに、私にはなるらしいのである。死ぬまでの時間つぶしという表現を、さりげなく使ったその老婦人の顔はもうすっかり忘れてしまったが、その語調や、その人の雰囲気のようなものが、その日記の頁から浮かび上がってくるような気がするのである。あの時の同じ席に居て私は、どうしてもっと強くはっきりと記憶に残るように、その老人の顔をみつめておかなかったかと少し不思議な気が、いまごろしている。日記帖に毎日きちんと七、八行何か彼か文字を埋めて事足れりとしているのも、ひょっとしたら、死ぬまでの時間ぶつしの一種か、とも考えられぬこともない……。

いきなり話が変わるが、美術館や博物館へときたま出かけると、陳列室の出入口に、たいてい中年位の女の人が椅子にかけたままで、又は立ち上がったり、所在ない顔をして見物人をそれとなく監視している、そんな役目の人がいるのに気がつく。おばさん風なのが多い。私の母親もそういう仕事をしていた一時期があって、写真が一枚だけ残っている。男のするふところ手みたいに、袖の中に手を入れて寒そうに、場外に立って風に吹かれている。内側では暗いから、表へ一寸出て写そうということになったのかも知れない。仕事中にいきなり陽のあたるところへ引張り出されたので、少々迷惑そうな、それでも息抜きができて嬉しくないこともない顔をして、そんなふところ手みたいなぞんざいな姿でもっさりと写っている。沢山もないけれど、手許に残っている母親の写真の中で、これがいちばんそっけない顔をしていて、そしていちばんそれらしく見える。

美術館や博物館の中は冷えるらしく、今でも、その係の女の人達ほ、たいていひざかけをしている。一日中立ったり腰かけたり、手持ち無沙汰のさまがよく分かる。手で隠してホッコリとあくびをしたり、あくびしながら次から次へと入ってくる入場者のみなりを物色したり、見物人と同じようにチラリと陳列品を見上げたりしている。私の母親も、たぶんそうしていたにちがいないと思われる。時間の経つのをひたすら待ちに待ったにちがいない。写真には日時なぞ何も残っていないが、顔の若さから大体を判断してみて、三十歳代ぐらいなのは分かる。私の小学校に上がりたてかと思う。物忘れのきつい私がぼんやりとだが覚えている。

あの美術館や博物館の冷え冷えする部屋で、ひざ掛けをして、退屈そうに時間つぶしをしていたに違いない母親の、あのぞんざいな顔と、日記に残した記事のあの老婦人の印象が、いま私に何かを語りかけてくるような気がしてならない。私の若い母親には、しかし、あの退屈極まる時間仕事を一刻も早く済ませて、飛んで帰って成すべきことが、どっさり家庭に待っていたのである。第一、私が待っていた……。

「死ぬまでの時間つぶし」と、そっけなく言ってのけたあの老婦人の顔を、はっきり覚えていないことは思えば私の倖せだったかも知れぬ。あの日の日記と一緒に、早く忘れることにしようと思っているのだが。

饅頭のこと

バスの中の広告に「薯蕷」という文字を見た。じょうよとふり仮名がついている。まんじゅう屋さんの広告である。むつかしい字を書くもんだな、と思うより先に、ああ、そうであったかとおかしな安堵感があった。私は甘党だが（といって分量は少ないのだが）かねがね、饅頭は上用にかぎる、嫁入饅頭のような上用ならもう一層有難いと思っていた。じょうようは上用だとばかり思っていたものの（饅頭屋さんの広告や説明の文句にも、たびたびその字をあてているのを見ていたが）、何処か僅かなところで信用のおけない感じも、薄々は持っていたのである。上・中・下のその上だとしたら、一寸、安直すぎるとそんな感触もあったのである。それがはからずも、バスの中で「上用」に非ず、「薯蕷」であると教えられたわけだ。即ち、やまのいもで、やまのいもの上皮であんこを包んだのをいう、ということになる。道理でうまい筈、値段も普通の雑な奴と較べてぐんと高い。つぶあんのそれだと私には最上だ。

嫁入饅頭の豪華なのになると、からもでっかく、中身のあんが色も質も三段位に変化していて、それがこんもりと薯蕷の衣で手厚く包まれていて、いただく分にはこれまた最上である。

いつか色街の中にある老舗の店頭に、小さなショーケースの中に、たった一つ、まるでお姫様のようにかしこまって、塗りの台の上にのっている小柄な薯蕷饅頭を見た。気品のある桃山時代の打掛をふわりとまとうたとばかり、腰のあたりにうすい桃色地のはかまをはいているように見える。口に入れていかにも香気のただようような（もおかしいが）、ぽってりと甘味をにじませた薯蕷の皮の、その舌触りまでおもわれそうな見事な肌の色艶。優雅な名前が付いているのだが（その名は忘れた）その下に小さく値段が示されていて、金二百四拾円とよめる。びっくりした。しばらくは呆然として、そして、しげしげと一個二百四拾円也の小さな饅頭をみつめていたことであった。

どんな仕掛けであんな値段がつくのか、掌に大事にのせて（竹の中から光り輝いて出て来たお姫様みたいに）二、三日はじっくり拝観してからでないと、とても無雑作に口に持っていけそうにない。饅頭の値段も近ごろの松茸みたいに、ずいぶん出世したものだと驚く。

鹿児島だったかの名産に、かるかんがある。それにあんこが入ると、かるかん饅頭になる。あれも山芋で作るのだから立派な薯蕷である。辞書には、軽羹、長薯を擂りおろし、糝粉《しんこ》、砂糖を入れて煉り合わせたるを蒸籠にて蒸したるをいう、とある。あんの無いかるかんが本命であろう。あのおだやかな薯蕷ばかりの純な甘味と口触りが、まことに結構というほかはない。私の大好物だけれど、百貨店の地方物産の特売会といった催しのほかでは、めったにお目にかかれない。それに季節も関係してくる。豪勢な加工、装飾を施してないから、さっきのお姫様のようには高価でない。私のような貧しい老措大でも、心に疚しいかげりを残さないで、時にたのしむことが出来る。

小学校の同窓生で、御所の近くで、何代もつづいた菓子司何野何兵衛の息子が居たが、その稼業をつがず別の方面に行ったものの、七十歳を過ぎた今日でも、毎食後のまんじゅう一個が（ときにには食事抜いても、まんじゅう一個の方が）、何よりの愉しみだ、と何かに書いているのを読んで、成程、曰くのある銘菓とか菓匠とかの血筋を引いて、矢っ張りと思った。どんな饅頭か、たぶん高級な薯蕷でくるんだつぶあんの、名のある菓子屋特製の……と思っていたが、いつか本人に出逢ったときにそれとなく尋ねると、「いや、そこらへんのどこにでもある駄菓子屋の安い饅頭がいい」とケロリとした顔で答えられて、そんなものかと少々ガッカリした。味の醍醐味も人さまざまで、専門家がいつもその筋の最高級を目ざしているとはかぎらない。その人にとっての満足が、一番の高級品なのかも知れない。

あのショーケースの中の、さびしい小柄のお姫様のような高価（高貴か）な薯蕷饅頭を見てからは、ときたま頂くこともある嫁入饅頭は別として、薯蕷にかぎるとばかり、身銭を切ってまでの栄耀は、そんなには近頃思わなくなっている。毎食後に必ず一個、それが安物であれ雑であれ、とにかく饅頭を愉しむほどのきつい甘党でもない。もっぱら口にするのは、今は甘納豆の類である。小坊主でも甘い。その中では、成可く文字通り、上用（薯蕷でなく）のを求める。日に二、三度口に放り込む。

落語に「まんじゅう怖い」というのがあるが、あの饅頭は「上用」に非ず、「薯蕷」でもあるまい。雑なカサカサの皮をかぶった、塩味の濃い泥くさいあんこの入った饅頭であったろうと推測される。江戸時代（でなかったか）の長屋住まいの連中が口にしていた饅頭の、その歴史も書物に問うてみたら直ぐ判るのだろうが、こっちはこのごろ老人性白内障ときている。あまり読書の欲もないのである。昔ほどもなくなるのは当然かもしれないが、詮索癖の方も大分、いやしたたかに劣えてきている。それに代わって口腹の欲、甘いものが何よりの慰みという、それほどでもないが、とにかくいろいろと世間が狭くなってきている。いっそ、今生の思い出にとばかり、清水の舞台から飛び降りる馬力をふりしぼって、あの桃山時代の打掛を着用した、うす桃色の腰衣の美少女を一個、いや、二個でも三個でも、いつか一度でいいから、食後にたしなんでみてやろうかと意気まいてみることも、実はあるのである。そしてその都度、いやいやと頭を振る。まともに残りすくない明日からのお天道さまが拝めなくなる、と苦笑とも愍笑《びんしょう》ともつかぬ老いの笑いを、この皺深い面に浮かべるのである。そんな旧弊なおじいさんになっている。

さびしい動物

近所に大きな犬がいて、名前をでかという。飼い主のAさんが、ときどき犬好きの私の家に連れてきてくださる。図体の大きいだけの、これはただの雑種ですなとAさんはいうが、でかといわれるだけの見栄えのする躰だが、実におとなしい。吠えたことがない。散歩に連れて出て、どこかのおっちょこちょいの犬にうるさくつきまとわれて、一度だけウッと唸ったことがあるだけだという。その一唸りだけで、まといついた犬の方はびっくり仰天してスッと飛んで行ったそうな。しかし、じっくり見つめると、眼に精気があまりない。長いこと世間を見てきて、好奇心をなくした眼のように思える。歩いていく後ろ姿を見ていても、どっしりと貫祿はあるが、何だかさびしい重たい袋をぶら下げて、大儀そうにのたのたと行くようにも見える。事実「これは大分年寄りですよ。歯を見ればわかります」とAさんもいう。知人から頼まれて引き取ってきた由だが、その知人の家にずっと昔から飼われていたらしい。

Aさんの奥さんの傍にでんと座っていて、すこしずつにじり寄るようにして、片足をソッと膝の上に浅く乗せて加減を見ていて、文句なしと見るとそれをすこしずつ深く乗せていき、まだ黙っているなと察しると、今度はもう一方の足をニュッと乗せてくる。「コレッ」と叱られると、あとから出した方の足だけをのっそりとひっ込めてみせる。しばらくして、またにじり寄るようにしてソッと乗せる。だまっていると、時は良しと厚かましう両足とも乗せて、そこへ自分の大きなあごを埋めて、さも居心地よさそうにスキンシップをたのしむ。こうなると、べったりと横着に動かない。

「年寄りだけに甘え方も横柄ですよ」と、その甘え方に満足しているように奥さんは笑っている。

そういえば、うちで預かっているインコもうちの前が数年あるから、もうかなりの婆さんインコのはずである。朝七時ごろ、もうぼつぼつ起きないと世間様に申し訳ない等と話したりしている奥の間の私達の声を聞きつけると、茶の間の籠の中で、聞いた聞いたッといわんばかりにピーッと一声鋭く鳴く。連れ合いを亡くしたこの老インコもさびしがりやで、長時間放っておかれて、やっとこっちが顔を出すと、ツンツンツンと渡り木を足早に寄ってきて、ふだんと違った声で「ねーえ」というような甘えた声をする。「内証話を打ち明けるから直ぐ向こうへ行かないで聞いて下さいな」といっているみたいに聞こえる。顔を近づけると、何の合図か、小さな羽を何度もふわーっとひろげて親愛の情を示すみたいである。そして直ぐ、またのどの奥からふりしぼったような声で「ねーえ」とやる。こっちの方がさびしい眼になる。

このごろ家の前のよく見えるところに、犬と書いた札を張っているのをよく見かける。豪勢な高級住宅の門に三つも犬犬犬とにぎやかに張ってあるのも見た。あれは押し売りか泥棒よけのまじないかも知れない。元漢文教師のKさんの半分壊れかかった家の柱にも、もう字の読めなくなった古い表札の下に、犬の札が一枚張ってあった。久しぶりにこのやもめ暮らしのKさんを訪ねたら、書斎の方からコロコロと小犬が現れてキョトンと私を見上げた。そのあとから猫背の老師がソロリと出てきて、人恋しい面ざしで「オウ」といった。

私の家も中婆さんと二人暮らし、犬の代わりに鳥という札を貼ろうかなと思っている。

夢の材料

旅行の嫌いな人は少ないらしいが、私はその少ない方の一人で、あまり乗り気になれぬ性《たち》である。生まれつき弱味噌のからだに出来ていて、それに無類の方向音痴ときている。歩くのは好きといえるが車や飛行機にはそっぽを向く方だ。金もかかることだし。歩くのは好きと言ったが、私のは歩きながら考えごとするというような器用な真似もしないし、健康を願っての万歩運動をひたすらの目的とするわけでもない。漫歩という言葉を中学の国語の時間で習ったが、背のひょろ高いTといういつも貧寒な感じの先生が「そうやねえ、あてもなく、そぞろに、ぼんやりと歩くことやねえ」とうっとりした声で、教室の外の砂埃の立っているグラウンドの方を、不精ひげのじじむさく生えた顔を向けながら言ったのがおかしかった。その漫歩である。私の場合は、考えることを排除するために歩いているようでもある。小人閑居為不善というが、小人漫歩して不善を為さずぐらいのところか。とにかくぶらぶら歩いていること自体の中で、自分の中の何かをやり過ごしているのである。その何かはそのときどきの荷物のようなもので、荷物の種類はいろいろである。余り出来の良くない人間の背負っているていのものである。テンペストの中のプロスペロの科白に出てくる「われわれは夢と同じ材料で作られていて、そのささやかな生は眠りに囲まれている」ふうのあれである。あれとしか言えないことで私には十分であるように思える。

この間も、洟《はな》をかみながら歩いていたらしく、手をつないで歩いていた一年生ぐらいの男と女の子が、初めて人生の神秘に突きあたったような驚きの眼つきで私を見上げたことがある。夢の材料で出来ている私のささやかな人生が、そのとき声ならぬ声をあげ「スミマセン」と言い、早足でその場を通り過ぎたことがあった。

洟をかんでいることも意識せず、自分の意志のありなしも弁《わきま》えず、つまり、いつもそぞろに（機械的にではなく）放念のままに、花を見、鳥の声を聞き、車や人や水の流れを傍に行かしめて漫然と歩くのである。そのときの花は、馬琴描く草木の黴《かび》であったり、色も亦情欲の黴として遠くに写るらしいのである。自分の軽薄さにも何の負い目も持たぬ気楽さが歩いているようなものか。あの子供はひょっとしたら学校の作文に、こんなふうに書くかも知れない。

――きょうがっこうからのかえり、おじいちゃんがあるきながら、いきなりはなをかみました。たいへん大きなおとがしました。びっくりしておじいちゃんのかおをみたら、おじいちゃんもびっくりして、はずかしそうに、大いそぎでいってしまいました。――

知人の家に「トマルナ」とだけしか喋らない九官鳥がいる。はじめての人が傍へ寄ると「トマルナ」と言うので、びっくりして離れて見ると、また「トマルナ」と言う。ここには長居できませんなと笑ったそうである。

あの九官鳥もやっぱり我々と同じ夢の材料で出来ているのであり、「そのささやかな生は眠りに囲まれている」のかも知れない。私の拙い六十何年の生もまたそうであろう。「トマルナ」と九官鳥ならぬ何かの声がしょっちゅう聞こえるような気がする。埃っぽい索漠とした人生のグラウンドを見渡しながら「あてもなく、そぞろに、ぼんやりと歩くことやねえ」と教えてくれたあの貧寒な中学教師と同じように、私も眠りに囲まれた生を、ここまでぼんやりと歩いてきているのかも知れない。

記憶からのたより

二十年ほども奈良の学校へ勤めていたのに、めったにその頃のことを思い出すことがない。毎日それこそ見たり聞いたり考えたりしたことが二十年分どっさりある筈なのが、それがあっさり消しゴムでスッスッとこすって消えてしまったように、呆気なく私の生涯という薄っぺらな本からまるで脱落したように無い。

あの二十年間、お前はそこに存在していなかったのか、と爪でギュッと腕を抓ってみるようにして、ああそうだ、思い出した。鹿が校庭を歩いていた、と心の中で頓狂な声をあげる。そうだ、思い出した。奈良のあの大学のしずかなグラウンドを日暮れ方、もう学生の姿も見えなくなった時分ごろに、鹿が一頭、いつもきまったように端の方から端の方へ、ゆっくりしとしとと歩いているのをよく見たのを思い出した。図書館の窓から私はそれを見ていた。グラウンドの端から端の方へ、ときどきお辞儀するように頭を下げ、それが一人で合点合点しているように見え、淡墨色に暮れなずんでいく広い校庭の甘い闇の中に消えたり現れたりした。門を閉めるころを知っているのか、勤続四十年という小使いさんが「また来とんのやなあ、お前は」とやさしく追い立てる前に、しとしとと同じ歩調で門を出て行った。雨の降らぬかぎり、それが何日も続いた。ある日、私はその学校好きの鹿と一緒に暗い校門から町並みへ出たことがある。出て行ってから狭い町並みの店屋をすこしずつ覗くように、合点合点の首を上げ下げして、やっぱりしとしとと同じ歩調で歩いて行った。店屋の人達もあの鹿と馴染み顔に微笑んでやさしく見送っていた。そうしてゆっくり、その鹿は公園の塒《ねぐら》の方へ帰って行った。

「昔はもっと来ました。学生と仲良しになって帰らんのがいました」丸刈りの几帳面な人柄の小使いさんがそう言っていたことがある。「あの鹿は与三郎という名やそうです」とまた小使いさんは笑って言う。男前の鹿だから国文科の学生がつけたのだそうな。与三郎、そのおとなしい色男の与三郎鹿のことを思い出した。その後、ぷっつり与三郎は来なくなった。狭い道での散策中、車に轢かれたのか、それとも野犬に噛まれたのか分からない。与三郎のあとは学校好きの鹿はいなくなった。

校門を出てしばらくの町並みの角に古くからの八百屋があり、そこには大きな日本犬がいた。たしか五郎といった老犬である。人の出入りする店先にのっそり座っておとなしい町内の隠居みたいに、しずかに世間を見渡していた。吠えたのを一度も聞いたことがない。ときどき、パタリパタリと太いシッポを店先の塵を払うように振っていることがある。「五郎」と呼ぶと、うっすらとこっちに顔を移すようで、それだけで何のお愛想もない。毎日朝夕、往きかえりお前を見てきたのに。店へ来る客が頭を撫でながら窮屈そうに入ってくる。場ふさぎのまま泰然と人通りの有様を見やっている。どっしりと尻を据えたまま、まるで「静寂主義」(クエティズム)の置物みたいに。

退職の挨拶をすませて、二十年間くぐった門を出て八百屋の前で最後に「五郎」と目を合わせたときも、彼は、水の流れを見るようにおだやかに私を見やっただけであった。

長い勤めの間に出逢ったさまざまな人達、さまざまな出来ごと、沢山のそれらがみんな力弱くかすれて、自然にうなずくように消えていったのに、私の記憶のカンバスには、しとしとと校庭を散歩する与三郎と、どっしりと地面に座ったままの五郎の、あの温柔な無言の動物達の姿だけがいま鮮やかに浮かび上がって描かれるだけである。

飾り窓の中

ずいぶん前の話になるが、古書市で一束にしてあるのを格安で手に入れたら、その中にフランスのシャルル・ヴィルドラックの著者署名本があった。“Découvertes”というので、贈呈した京都のK嬢への献辞もある。たどたどしく訳してみるとこんなふうになった。

——K嬢に捧ぐ。いつかこのささやかな物語を読みそして理解してもらえることを希みつつ。シャルル・ヴィルドラック

パリにて　　一九二六年六月二十二日

ヴィルドラックの「商船テナシティ」や「寂しい人」は、第一書房から出た「近代劇全集」の中にあり読んだ記憶があった。「学校に行くことはきらいだが、学校から帰ってきて母親の顔を見るのが嬉しくてたまらない小学生のような」と評せられたあのヴィルドラ

ックである。前者はデュヴィヴィエの監督で映画にもなり、新しい麦稈帽子をちょっと斜めに頭にのせて、いそいそと松竹座の門をくぐった覚えが確かにある……。

百七十ページの粗末な小型本で、読めもしないのに著者の署名や献辞があるから、いままで珍重愛蔵していたというのではない。私にはこの本に奇妙な愛着があった。いっそ珍しい思い出といった方が適しいかもしれぬ。まだほんの若僧の時分である。中京の目抜き通りを歩いていたら、大きな硝子窓のある古美術骨董品店の前でちょっとした人だかりがある。人垣の中から覗くと、べら棒に大きな日本人形が飾ってあって実に美しい。しかし見ている人垣が笑っている。近づいてよく見ると、それは人形ではなくて美しい着物を着た生きた娘であった。放心したようにじっと座って、ピクリとも動かない。その美しい娘の不動の姿勢があんまりなまなましく自然すぎて、見ているこっちが息苦しくなってきた。明らかに、おかしさの横に冷たい狂気が、じっとしずかに首を据えていた。そのあと誰からか、あの娘には人並みすぐれた才気と、別して気丈夫な性質があって、ときどき突飛な行動をするので、両親から家の外へは出してもらえない時期があったそうな。その時期に表の飾り窓の中に入ってわざと、あのようなことを平気でやってみせるのだという。家人が気づくまでそれこそ半日でも一日でも骨董品みたいにじっと座りつづけているのだと聞いた。何でも当時の京美人の代表の一人に選ばれたこともあったという。いまならミス何とかというところであろう。

ヴィルドラックがはるばる巴里から自著を献呈したのがその娘、マドモアゼルKだったのである。どうして彼がその娘と近づきになったのかは知らぬ。店構えから察してたぶん著名な大美術商だったろうから、その娘の父親は外国からの賓客として文人ヴィルドラックを我家に招待し、その宴席に人形のような京美人も出ていたのかも知れない。それとも偶然に、K嬢が飾り窓に座っていたのを、京見物の通りすがりに、あの「寂しい人」の著者がそのあたたかい生真面目な眼で発見“Découvertes”したのかも知れない。私と同じように、ひそひそ笑い合う物見高い人垣の間から……。

目抜き通りのその大きな古美術骨董品の店は、いつの間にかなくなり、そのあとに当節流行の洒落たスナックやディスコとやらが、今はでんと所狭くそそり立っている。それはそうとして、ヴィルドラックの希望どおりその後京美人の娘に、この異邦人の「ささやかな物語」を繙《ひもと》きかつ理解する日が恵まれたものやら、それとも、その「人並みすぐれた才気」と「別して気丈夫な性質」が、どのように年老いていったものやら私には知る由もない。こっちの方こそ、役立たずの骨董品になりかかっている。

退廃のこと

テーブルと椅子が三つあれば、それだけで人生が書ける、と言ったのはチエホフだそうだが、しかし「ぼくの家には椅子が二つしかない」と菅原克己さんは詩に書いている。

もう一つ足りないもので、私の生を愚図愚図とハカのいかない代物にしてしまったような気がする。そう思い込むことで一安心したり、柔弱な精神のなまぬるい緩衝地帯で、ホッコリしていたりしてきた。そのための処生術めいたものまで、自分用にちゃんとこしらえていて、いつもその中の一番居心地のよさそうな言いわけばかり考えてきたような気がする。恥ずかしい長生きである。恥ずかしいと言いながらも、こうやって、のそっと生きている。友人の母親で九十五歳で、まだピンシャンと胸を張っている人から見れば、私なんぞはまだ男ざかりに見えるかも知れないのだ。もう一つ、椅子をととのえるぐらいの馬力があるかも知れないのに。そういう思い込みも出来ぬわけはない……とこれもまた言いわけの一つになる。

先日某新聞で、若い友人Nが、今度出した私の詩集を批評し「退廃」という言葉を使っていた。いまは頽廃を退廃と書くらしい。頽はくずれること、頽廃はだからくずれすたれることである。退だとしりぞく、うしろへさがることだから、今ふうに書いた方が見ためだけは少々柔らか味が感じられそうである。即ち、しりぞきすたれること、正にいまの私の状態はそのとおりで、有難いことにくずれ（頽）るまでは到っていないものの、退きすたれる方に、心身共にだんだん近づいていく気持ちは、十分にしている。退でまだよかった、頽の方だとへんなにおいまでするようだ。

今朝、表の方でピンポンと鳴ったので、こんなに早くから誰だろうと戸を開けるなり、ランドセルの小学生が「一寸、便所を貸して下さい」と人を押しのけるように入って来た。お尻を押さえている。バタバタ入って行って、大分経って出て来て、こっちの顔も見ずに「おおきに」と一目散に出て行った。どこの誰だか分からない。ドアが開け放しだから閉めにいったら、案の定である。朝食前の夫婦でたいへんな跡始末をさせられた。

「朝から黄金の神が到来した」と夫婦で笑ったが、いまごろあの子はどうしてるだろうと思った。あの子は小学生だが、昔の中学一年生の教室で級友が粗相をして、たいへん切ない場面に出くわしたことがあるのを思い出した。異様な臭気が教室に濃厚にたちこめ、皆ガヤガヤし出したまん中で、級友はこの世にあらざる悲痛の表情で、石のように静止していた……この年になるまで、あんな場面に出逢ったのはそのときの一回きりである。卒業して校門を出るまで五年間、彼は気の弱い恥っさらしの生徒として耐えつづけた……。

いまごろあの子は、まわりの子供達からジロジロみつめられて縮み上がって、可哀そうに読本で顔を隠して息を殺して、じっと我慢しているかもしれないな、と口に出したら、いきなり「何を言ってるの」と笑われた。「とうに家へ飛んで帰って、着がえて、学校では知らん顔して友達とふざけてますよ」そんなことが分からんのか、という顔をして女房は、私がその「お洩らし」をした当人みたいににらみつけた。やっぱりこのへんの頭の働き工合が、私の「退廃」につながっているのかも知れぬ。いやもう頽の方かも知れない。

桃の木

狭い風呂場のタタキに、田舎住まいの次男が持ってきて呉れた竹の輪切りにしたのを、毎日忘れんようにと言われて、踏む運動をしている。一、二、三と数を算えながら、退屈だから、ちょいと上の方の小窓を開ける。隣は警察の官舎で、その広い庭の半分ほどが見える。一年程前まで、そこに大きな芭蕉の木があった。風呂につかりながら、その小窓の上の空間をふさぐように、大きなふっさりした、羽をひろげたような芭蕉葉が、青々と眼にしみた。それはいいしれぬ快適な気持ちがした。ある日何故だか、その芭蕉の木はバッサリ截られた。ここからいま見えるのは、姿のいい桃の木一本だけで、その木もここ二、三年花を見たことがない。

他人様の庭に文句のつけようもないが、立ち枯れたような佗しい桃の木のほかは何もない庭である。芭蕉の木がゆったり立っていた傍に、白ペンキをベタベタ塗り立てたような漆喰塀が無愛想に立っている。草ぼうぼうの荒くれた庭に、まるでドガの踊り子のポーズで、一本だけ桃の木が立っていて、いまその枝の上で、チチチチと雀が啼いている。

今年の桃の節句の日は寒かった。夜明け前に、みぞれの降っているような音がして、フッと目をさましたとき、亡くなって十年近くなる北川桃雄さんの顔がスーッと浮かび出た。こんな寒い日だった。何年ぶりかで上京して、そこで待ち合わす筈の、本郷の学士会館のソファに凭れていたら、やつれて寝不足の眼をした北川さんが現れるなり、挨拶より先に「弱ってるんだよ」と躰ごとドスンとソファに腰をおろした。

昭和十二年の夏、京都から出ていた文芸同人雑誌「リアル」が発禁になり、中心の北川さん等が検挙された。有名な弥勒菩薩のある広隆寺の近くの太秦署に留置されて、二カ月程あと出てきた北川さんは、すっかり人相が変わっていて、私の顔を見るなり「駄目だよッ、安心してちゃ。もう何も書けなくなったよ、文学と名のつくものは」と噛みつくように吐き出して、暗い眼で私をにらんだ。同人の裾に私も居たのである。それがもとで、長い教員生活も打ち切りになり、退職金をこれからの生活資金として、北川夫妻は東京へ出た。三十九歳であった。翌年の春、東大の美学美術史学科の学生になった。文学とは縁を切って、今の時代に無難な（昔から美術好きであった）古美術の勉強をすることに肚をきめたのである。四年前に一粒種の長男を脳膜炎でもぎとられたように、今度は自分から、文学の世界から身をひいたのであった。

十何年勤めた工業学校の退職金が底をつきかけた頃に、白樺派の作家長与善郎氏の厚意で、鈴木大拙氏が外国で出版した名著〈Zen Buddhism and its influence on Japanese Culture〉の翻訳の仕事にありついてホッとした。学士会館で会ったときはその仕事の最中だった。その著書の中に、英語で出てくる俳句がいくつもあって、その中の一つをもとの日本語に直すのに手古ずっていたのである。原典が見つからない。大拙老師におたずねしても「その句は忘れたよ」とおっしゃるだけ。毎日神田の古本屋をしらみつぶしにあたっているが、いつ本当の句にぶつかるか見当もつかぬ……。何でも猫と蝸牛の出てくる俳句なんだがなあ、と弱った表情で、私にも凭れかかるような呟きかたをした。しかしそれは偶然に見つかった。「あきらめかかっていたが、何度も見ていた筈の古本屋の店頭にころがっていた雑書の中に、ひょっこり出ていて、これだっと思わず声をあげた」と嬉しそうな字がおどっているような手紙が届いた。江戸前期の俳諧師の才麿という人の句で「猫の子に嗅がれているや蝸牛」というのだった。

岩波新書「禅と日本文化」「続禅と日本文化」は評判になり版を重ねた。

北川桃雄さんは四十二歳で卒業して一年目ぐらいに専門学校の講師の職を得、それから「東大寺」「薬師寺」「唐招提寺」「斑鳩襍記」「秘仏開扉」「古塔巡歴」「石庭林泉」「室生寺」「日本美の探求」等々の、誰が読んでも気軽に親しみ易い文章の、古美術古仏の名著がどんどん続けて出ることになる。

戦争がはじまり、家を転々と疎開し、そこでも古い寺の仏や襖絵の文章を書いた。何処にねても、北川夫妻は、そこからいつでも見えるところに、失った長男創吉の写真を入れた額を置いた。戦争がやっと終った。春か秋か一回は必ず学生達を連れて、奈良京都への古美術の旅をした。専門学校は四年制の女子大学になり、ゆったりした研究室に、戦後急に美しく見えだした活発な女子学生にとりかこまれて、北川さんは生々と仏像や中国の古画の話をしていた。講義のない日は家で原稿書きか、展覧会個展まわりをした。「一日十軒もお義理で廻ってもおっつくまい」程目白押しにそういう催しが増え出していた。中国へは三回、印度へは一回出かけた。野生的で精悍な仕事ぶりだった。口の悪い古い仲間が「あれはシシフンジンでなくて、モモオフンジンだよ」と蔭口をたたいた。一人息子を亡くしてから、半病人のようになっていた夫人を診とりながらの毎日だった。奈良や京都の古寺巡りには、必ず私の小さな家に泊まった。美術の話のほかに、傾倒した志賀直哉の作品や近況などを夜おそくまで話してくれたりした。

「僕は三月三日に生まれたから桃雄と親がつけた。甘い名前だが、いつまでも若い名前で気を良くしているよ」と笑ったりした。泊まった夜はよく寝言をいった。ひよわな呟き声で、谷底へひき込まれていく悲鳴のようだった。次の朝それを言うと不機嫌な顔をした。いつか長い手紙がきて「僕だってほんとうは僕なりの方丈記のような、純粋の文学の本を書きたいんだ」とちょっぴり書き足してあった。しかし北川桃雄さんは、北川さんのいう「純粋の文学の本」は残さずに死んだ。「僕の方丈記」は一冊も書かれなかった。

東京三田の大増寺という小さなお寺にお墓がある。お墓の傍に椿の木が立っている。

愛誦の人

大分昔のことだが、「愛誦」という若い人向きの詩歌の雑誌があった。たしか西条八十主宰だった。その主宰者が西条八十だというだけで、小生意気な年頃の文学少年だった私達は手にとることもしなかった。みんな背延びして、もう一段上級と思われる「中央公論」や「新潮」なんかを、しちむつかしい顔をして読んでいたものである。半分も分かっていたかどうか。つい先日、尾崎一雄さんの「あの日この日」を読んでいたら、その「愛誦」がひょっこり顔を出した。今は故人の木山捷平の詩がその雑誌に載っていたと書いてある。昭和三年の七月号で「雀よ、云ふな」という題である。

野良からのかへりに

とうきびの中であつてゐたら
雀が見に来た。

雀よ、
云ふな、
誰にも云ふな。

お前が云ふたら
わしも云ふぞ
竹藪で見たあのことを――。

木山捷平は明治三十七年生まれの当時二十四歳である。次の年の昭和四年に、処女詩集「野」を自費出版している。木山捷平の小説が好きでほとんどの作品は読んでいるのだが、若い時代に書き残した詩の方を、逆にほとんど私は読んでいない。この作品も「あの日この日」の中で初めて読んだわけである。この詩を読んで、木山捷平という人は、死ぬまで一本調子を崩さずに、つまり地金をむき出しにして成長していった根太い人だったなと感銘した。作者の名前を隠しても、直ぐそれと分かる作品だと尾崎さんも言っている。詩作をやめて小説の方に移ったのだが、その小説にしても、たとえ作者名を隠しても直ぐそれと分かる作風であった。どうして詩作をやめて小説の方に移ったのか、その間の気持ちの変わりようは分からない。二十五歳で詩集「野」を出し、翌々年二十七歳で第二詩集「メクラとチンバ」を出している。小説を発表し出したのが二十九歳だと年譜（木山みさを編）に出ている。

すっかり詩を書くのをやめたわけではなくて、その年譜を見ると昭和十四年三十五歳のときに「四季」に詩二篇を発表したと出ているし、四十六歳に「詩学」に詩四篇、六十歳になってからも「風景」に詩二篇を発表したと出ている。昭和四十二年三月に「木山捷平詩集」が昭森社から出ているらしいのだが、それは見ていない。木山捷平といえば根っからの小説家だと思っていた人も多かったし、私も詩より小説の方を先に愛読した方だった。その小説も、初期の作品の、井伏鱒二を悪く崩したようなわざとぼけた筆致が見られたようなのではなく「耳学問」あたりからの、所謂滑稽味を通り越したおおらかさ、暖かいユーモアの滋味といった作風に強い親しみを感じていたのである。偉大とか大傑作とかそんな形容とは無縁のところに居て、いつまでも私達凡人の暮らしの中に沁みついてくるような懐かしさ親愛さを感じていたのである。

その木山捷平が「私の好きな詩歌」という題で随筆を書いているのを偶然つい先達て見つけ出した。古本屋の一隅にひょっこり埃をかぶって、「石垣の花」という随筆集の中にあったのである。初出は「新潮」の昭和四十一年十一月号である。その十枚程の文章の中で彼は、渡辺崋山の漢詩と、源実朝の例の「八大竜王雨やめ給へ」と、古事記の中の三首を拾い出している。その一首は、これも大抵のアンソロジイに入っている神武天皇の、

「葦《あし》原の醜《しけこ》き小屋《をや》に菅畳《すがたたみ》いやさや敷きて朕《わが》二人寝し」

である。もう一つ「実をいうと日本書紀には私の愛誦おく能わざる歌が一首あって、それを落すわけにはいかないのである」と急いで書き添えて、その愛誦おく能わざる次の古歌を上げている。

「小林《をばやし》にわれを引き入れてせし人の面《おもて》も知らず家も知らずも」

この文章を発表した昭和四十一年は、捷平六十二歳、死の二年前である。「雀よ、云ふな」の二十四歳の昔から、これらの愛誦の詩歌の根から流れていったものが、木山捷平の作品の幹となり枝となり葉となったもののように思えてくる。古歌のとぼけたような鷹揚

さ、めでたさもさることながら、捷平文学の根本には、いつもあたりまえの人間の、その人間性の偽らぬ強靱さが、あたたかく光っている。その強靱さを育てているものは、大昔からずうっと変わらぬユーモアの血脈であろうと思われる。それが何とも明るく人を向日的にさせるようである。

ユーモアというものは、文学の中で、一番栄養価の高いものなのであろう。

「茶の木」という小説の中の冒頭で、大邸宅に住む友人が、バラック建ての捷平の家へ来て、将棋をして、酒に酔うて、貧弱な庭先のあたりを見廻してから「この程度の住居なら、原稿が売れなくなっても大丈夫だね……」と言ったら、「ウム、その通りですよ……」と答える場面が挿入してある。言う人も言う人だけれど、答える人も答える人だなあと今思ってもおかしい。その程度の貧乏というのは、貧乏の中でも珠玉の、従って至難の貧乏というべきであろう。詩から小説の方へ移っていったのも、どうやらそのへんに勘所がありそうに思える。

Ⅳ

『春の帽子』より

もらいもの

今年のはじめ、万年筆を、それも舶来品のをもらったが、くれた人が女性のためか、これは長さも手に握って物足りなく細身で、書いてもぎこちなく華奢《きゃしゃ》にチカチカひっかかるようで、文字面はまことに見栄えが良ろしくない。一昨年にも、わけあって、ある方面から舶来品の高級品をもらったが、これは太字で結構だったが、どのように扱っても、書く字がどれもこれも棒線になってしまい、横文字なら格好がつきそうだが、縦書きとなると、ぶっきらぼうで、もう一つそっけなく心許ない。書き手の上手下手をのり越えて、味気ないとしかいいようのない字がならぶ。もらいものだから、しかも両方とも、思いを込めてこれならという気味合いのこもっているのが当方にも届いているので、有難やのもっていきどころに戸惑うようなのである。

使い慣れれば、それなりに形もととのうものと承知して、至極手荒くごしごしとしごくように、あれこれ線やら円やら落書きやら、まるで子供のいたずら書きみたいに、なんとかその「慣れ」を仕上げてみようと骨折ってきたが、そこは高価な名うての銘柄品で、材質も根性も頑丈に出来ていて、いまだにしぶとく初めのままの固い無愛想な棒線である。針金ばかりで作った家のような、見て我ながら金釘流お手本のお粗末である。会社の自尊心に忠実なばかりで、気位高くもらわれた先の主人の悪筆に、いっかななつこうとしないようである。

今年頂いた細身の細字の華奢なお姫様のような舶来品も同じことで、これも名のある旧家の出だから、美人の鼻柱の高さ勁さ、これをまるめてやれと、さんざ荒っぽい扱いを重ねてみたが、これまたいままでのところ、気性はシャンとしていてなじまず、何程の効きめも見られはせぬ。自分の人格を疑いたくなるような、小学五年生に無理矢理ひきもどされて書かされたような、不行儀なしどろもどろの字体が乱雑に不貞寝しているようである。犬なら、飼主の職業を選びはしないのだが……。

それまで使っていたのは国産品のアテナ万年筆というので、これは四、五年も、それ以上も使ってきて十分使いはたして御役ご免にした。製造を止めて売れ残りが一本あったのを、千円で譲ってもらった。日本製だからか、身びいきしてか、漢字ひらかなは、自分の思いどおりの字がとどこおりなくというほどでもないが、これは私なりの字が私なりに、気にひっかからずにまずは柔軟に書けた。そこへ慣れがきて、ぴったりくっつくように、主人にうまく調子を合わせてくれた。一流品ぶるような片意地なところはなかった。その代わり、躰の方は弱くて、一度ならず二度まで修理を頼んだ。修理のあとはもう一層やつれて、血の気が薄くなった風情で、息をきらしているのが手にとるように見えて、哀れというしかなかった。何ほどのことを書くわけでもないのに、よくぞ拙い主人につくしてくれたという気がしたものである。

ボールペンというのは至極便利だが、あれでは実用がチラついて情が添わぬ。行きつけの郵便局で二、三本ころがっていて、どれをとって書いても、私には差し障りなく円やかに書けるのにオヤと思ったことがある。適当に大勢の人の手に慣れて、適当に人ずれしていて、庶民風で淀みがない。この程度に使い易く、角のとれた苦労人みたいな字運びが出来るのなら、うちの高級舶来品の根性悪より、どれだけ「御役に立つ」ことか、とそう思いながら、それでもあきらめず、折角の到来品のしごきとしつけに目下精を出している。もらいものには苦労する。特に上等品には。

生きざまという言葉

生きざまという言葉は、大分前に、知り合いの若い詩人の文章の中で初めて知ったと思う。生きざまは、死にざまに対応した言葉だろうが、私の持っている国語辞典には出てこない。何となくじじむさい感じがする。死にざまも生きざまも、見苦しいとか醜悪とかの、きたならしい形容が直ぐ上に結びつけられそうだからか。「ざま」はどうやら良い感じを与えない場合に多く使われているようである。漢字で表すなら、様だろうし、態度、やりよう、状態がその内訳になるだろう。態様もあれば体裁にもひろがる。角力でいうあの「死に体」がそうで、これも一種の死にざまであろうか。生き体は出てこない。

このごろあちこちの文章で、この「生きざま」という言葉を見るようになった。人の口にも上るようで、もうそろそろ国語辞典の改訂版にも入れられそうなほどに、沢山の、特に文学の事に頭を突っ込んでいるような人の間で使われているのに気づく。日々流動し、転変する世情から生まれてくる新しい「言葉」の現実感がわからないわけでもないものの、好悪の感覚だけでいうと、私は、このざまを好かない。無様《ぶざま》というのがあっても、有ざまとはいわぬ。有り様である。この方がきれいに聞こえる。死業《しにごう》というのもあって、これは前生の業報のために死ぬことだが、この業を背負って見苦しく悶え死ぬさまが連想されて、「死にざま」の良い印象のあるはずもない。新出来の「生きざま」も、ざまがある限り、あまりみっともよくない生き方を名指しているようで、目にも精神にも好ましい感じではない。といって、ざまを、スタイルともポーズとも置きかえるわけにもいくまい。何でもカタカナの舶来語をくっつければ、カッコ良くなるとは限らない。

　大分昔のことだが、同じ会社に新しく入ってきた地方出の、ずんぐりむっくりした朴訥律儀な青年が、何かのはずみに「ざまなかろう」と呟いたことがあった。ざまみろの謂である。このときは、そのざまなかろうが、ひどく愛嬌があってユーモラスに聞こえた。その人柄もあってのことだろうが、ざまはざまでも、ざまみろの憎ていよりは、皮一枚も二枚も本筋に届いた感じがした。いわれた相手の無用の傷も浅かろう。

　生きざま、と吐き捨てるように自分の生活の有り様を、自ら卑下するような言いまわししかできない場合もあるだろうが、それよりも私は、文学青年趣味のそれも古臭い衒気《げんき》や臭味《しゅうみ》を多分に感じる。若い人が酒場等で、手入れの行き届いた長髪を光らせながら、こともなげに「おれの生きざま、あいつの生きざま」等と高尚な人生談議を交わしているさまは、見た眼にも聞く耳にもあまりぴったりと快くはそぐわない。生きざまの代わりに「生きかた」をもってきても、表現の上で、そんなに焦れったい程の隔たりはあるまいものをと思ったりする。十分に中身のつまっていない、大げさで深刻そうな言葉えらびの甘さが見えるような気もする。

そんな気のするのは、言語感覚にまで動脈硬化のきざしの見えはじめた、老措大の私だけかも知れない。ある新聞の歌壇欄に、岸田安子という人の「俺は俺の生きざまをすると子の言いぬ背きゆくはたち吾は育てし」というのがあった。

東京の感激

久しぶりに上京して、新宿に降りたら、あのとてつもない摩天楼というのが、ニョキニョキと幾つも立っていて、思わずホーッと溜息が出た。その下の世間を人も車も大量にせわしなく、縦横に入り乱れ、自分の吐く呼吸も定かならぬ気持ちでいたら、その中でゆったり寝そべっている人が居る。昔懐かしいルンペン風のおこもさんらしかった。ときどき薄眼をあけて、この世の文明の底を嘗めているような風情であった。

食事時で、あっちもこっちも食べ物屋だらけで、皆繁昌しているようで、梅雨空のもとでムシムシと活気づいている。手近の和風食堂に入って、濡れているテーブルの前に坐るなり、バネ仕掛けのように年輩のボーイさんが、メモと鉛筆をもって立ちはだかった。冷房なのに額にタラリと汗の筋が光っている。その汗で思い出した。

子供の時、父親に連れられてあとにも先にもたった一度きりだが、大阪道頓堀のうなぎ屋に入ったことがある。父親が注文すると、赤い襷《たすき》の女の子が帳場の方を向いて、びっくりする程きれいによく透る声で「エーッま二丁」と叫んだ。そのひょうしに汗が飛んだ……。

まはまむし、うなぎ丼のことで、間髪を入れずその「ま」が私達の前に置かれた。不思議そうな顔をする私に「大阪はなあ、せわしない人が多いさかい、注文きく前からせんぐりせんぐり作っとかはるのや」と父親はいい、蓋を取ってしばし無念の思いという眼つきをした。それは実に肝に銘じて旨かった。めったに外食の栄耀に恵まれたことのない親子は、感にたえて同時に舌なめずりした。この時程つよく私は、親孝行をしたいと思う気持ちになったことはない。

それをこの新宿の食堂でいきなり思い出した。食べ物の恨みはきついというが、その良き思い出もまた随分と長持ちする。生憎ここには「ま」が無かったので天丼を注文した。えび天ばかりか野菜も魚も入っていて、値段も思いがけず廉い。

そこを出てから、今度は十分堪能した腹を突き出してゆっくり摩天楼をもう一度見上げて、もう一度感慨を催した。「まるで紐育《ニューヨーク》の街角に居るみたいな」と小声で呟いたら、いつの間にか横に棒立ちになっていたお上りさん風のまっ黒に陽灼けした中年の人が「うん」と相槌をうってくれた。

「あれでよう平気で立っていられるもんやなあ」と今度は並の声でいうと、その人は初めて私に気づいたように、一段低い人間を見る顔をしてあっちへ行ってしまった。私のような生来臆病な者には、あれは不安としかいえない尨大なもので立たされている感じがする……。

上京の用事の会が済んで、あとの懇親会は中華料理のパーティー、会費はお手軽なのにたっぷり出た。次の日の宿の朝食はバイキング、ずらりと潤沢に並んだ副食物を勝手に存分にとってのセルフサービス、十分に頂けた。そのあと招かれた知人の家では、久しくお目にかかったことのない新鮮なお作りが山盛り出て、いつもはお茶碗一杯がやっとというのが、眼の色変えて山盛り食べた。食べ疲れたあとに尚も、小粋な舟に乗った握り鮨がサッと現れた。

何の本で読んだか忘れたが「私は年月に飽食した」と七十歳をこえたジイドは書いた。「食欲欠損（アノレクシイ）それは倦怠の無表情で醜い顔付きなのだ……」たった二日間の東京は、私の単純なアノレクシイに多少の刺激を呉れたようである。空恐ろしい摩天楼や豊饒な食べ物が、この世の隅に生きるか細い命を振り返らせて呉れたのかもしれぬ。大阪のあの「ま」に匹敵するほどの感激では無かったにせよ。

春の帽子

ときどき、昔読んだ本をもう一度、埃を掃《はら》って机の上に置くことがある。百頁の本でいうなら、その九十何頁までは、いやもっと多くきれいさっぱりと忘れてしまっているのだが、その残りの一行か二行の、ほんのすこしの文字が、古びて薹のたった頭の電線の端っこに、小さく紙片れのようにひっかかっていることがある。

そいつが妙に気になって、たしかあれはあの本のどこかに……と夢遊病者のようにフラッと起ち上がって、大体の思惑をつけた書棚のある部分に目をやると、大抵は「ここに居ますよ」と愛想よくこっちを見つめている気のするものだ。（たまには、金輪際見つけられるものかと、意地を張ってどこかへ紛れ込んでそれっきりのもある）ついこの間は、何の連想でか、フイと春の帽子という言葉が私の頭の古い電線にひっかかって、いまにも落ちそうに、ヒラヒラ揺れている風景が見えた。

かなり以前、寒山詩を覗いていてその「帽子」にいきあたった事もあったぞと見当をつけた。その寒山詩を取り出して探し出すと出てきた。しかし、春の帽子は私がふくらませたイメージで、もとの姿は「席帽」である。席帽とはと、入矢義高氏の詳しい註があって、つまりは砂塵を防ぐための帽子らしい。

（前略）
年新たにして愁いは更に新たなり
誰か知らん　席帽の下
もと是れ昔愁の人ならんとは

この席帽というのを、学者は春の帽子と巧みにほぐしてくれている。

「いま新しい年を迎えて春の帽子をかぶっている人、その帽子の下にあるのは、なんぞ知らん、以前の愁いをそのままに背負いこんだ人の顔なのだ」

この寒山詩の主旨を別として、私はただ、年があらたまってかぶる春の帽子、という言葉に魅かれていたらしい。その素性を洗えば「席帽」であったのだが、この際、それを春の帽子と身近に引き寄せて下さったのが有難い。

年をとって益々、春よ来いと待ち急ぐ心が切実である。小さい書斎部屋に縮かんで、徒らに窓外の、甚だ貧弱ながら去年の早春、初めて花開いた梅の蕾を、白内障の老眼で五ツ六ツと算えてばかりいて、いっこうにはじまらない今日様を送っている始末であった。

そんな自堕落のときに、ふわりとひっかかった「席帽」、新しい年を迎えて春の帽子をかぶるという詩句だけが、堆《うずたか》い頭の古くさい埃を掃って嬉しそうに浮上してきたわけは、さて、と思い屈しているあいだに、そうだ、一週間ほど前の夕、是非ない用事で他出したバスの中で、このごろ珍しくなった中折帽子をかぶった人を前の席に見たことを思い出した。

老人ではなく五十前後の、しかも和服の紳士である。その中折帽子が私の脳裡の急所を懐かしく刺激したからであろう。

戦時中、私も大事にしていたボルサリノを、在郷軍人会の隣組長から半強制的に戦闘帽に作りかえさせられた。

そうだ、あれはいかにもソフトな淡い青色の春の帽子だった。身につけていた物の中で唯一つのダンディな舶来品だったのだが……。

珍しい春向きの中折帽子の人を見たことから、いま、頭の塵をサラリと掃うことの出来たのも、寒中を押して人混みの中へ出て行ったおかげかも知れぬ。たとえその帽子の下にあの暗い時代の愁いをそのままに想わせるような人の顔があったとしてもである。

心癖など

高名な女流作家の作品を読んでいて、ふっと心に凭《もた》れかかってくるような言葉があって、私の古いノートにその二、三を書きとめている。その一つは「心癖」それから「死を思ひ死に馴寄《なよ》る」さらには「よくよく心を洗ってみた末に云々」。

心癖というのは、日常語としてはあまり私なんかは耳にしなかった方だけれど、いかにも婦人（それも年配の）の使い易い馴染み深そうな言葉の感触がありそうだ。持って生まれた性癖、心のかたよりかた、辞書には源氏物語から「今更に人の心癖もこそとおぼしながら」と引いてある。

癖という字は、見ためは、眉をしかめたふうな、どちらかといえば嫌な方に使われがちだが、その上に心がのると、ほんのり柔らか味がまざっておだやかに、品良く落ちつく気配もする。源氏の昔からの言葉であったことに、無学の老人は今更ながら恥ずかしい思いをする。町人風情が心癖といったふうな言葉遣いをしていたか、ハテ、身近の女共から聞いたことがあったかどうか、そのへんの事情をあたってみることはまだしていないのだが。

「死に馴寄る」は、いかにも古典に親熟した作家の、ふと洩らした溜息のような柔媚な感じもする言葉遣いだが、これまた女性語（でなければ御所言葉とでもいうか）の幕内へ入れてしまいたいようで、とても男の作文に馴染みそうに思えない。私のような老年であれば、町人育ちであろうと何であろうと、いや応なく「死に馴寄」られている筈だが、己の口からは、こんな、はかなげで妙にやさしい言葉は、ひょいとは吐けないもののようである。

もう一つの「よくよく心を洗ってみた末に」も同断で、何か浄瑠璃の中の女性の口説で耳たぶをなぶられている心地がしそうであり、これも心のある種の状態をきれいに披露してやさしげである。

幸田文さんの有名な「闘」という小説の中にも「さらさらした分別」というのがあって、水の流れるような綺麗さっぱりした程のよさを目前にするような、そんないさぎよい感覚がこれにはある。そういえば同じ小説の中に「……紙一重ありやなしのウソを加減することが極意だという」だとか「小確《しっ》かりした仕事をしたにちがいない」とか「悪い気当りを感じる」「突掛者扱い」などという聞きなれないのもある。

こういう表現がそこここに散らばって出てくるのも、老練な女流作家の言葉あしらいに手馴れた一種の美文（調）でもあろうか。後者の方の二、三は、小粋な東京下町の、例えば職人仕事をしていた働き者の趣が感ぜられるが如何か。あまり早口でなく、渋い語り口で喋った一時代二時代昔の人情落語に適わしいようなものを、上方者の老人の私が感じて懐かしいのである。見当違いかもしれないが、ブラウニングに非ず「われとともに老いよ」と呟きたくなる程にも、そう感じる。

ついでに今思い出した昨今のそれに「人（ひと）」と「人間」の区別、テレビやラジオでしばしば耳にする若い男女の言葉遣いの中に「私はこういうひとでして」「僕はそんな行動はしないひとです」とか。

ああは言わないな、とつい横を向きたくなる。人と人間だからどちらであっても差しつかえなし、といいきってしまえないものがあって、ツイ、変だな、と眉をしかめてしまうそんな「心癖」が、幸か不幸か、私にはまだ残っているようである。そんな「人間である」「われとともに老いよ」と言わないまでも。

軽みの死者

汚いひらめが一匹、お寺にあるような長い廊下を、ひらぺったくゆらりゆらりと、気楽そうに泳いでいく夢を見たことがある。

視力が衰えてきて二度も手術をしてもらったが、どうにも効きめがあらわれず、諸事不行届きに消光しているが、その代わりよく夢を見るようになった。

その夢もおおよそ同じような傾向のもので、日昏れて道遠しを歎きながら街の隅々をほっつき歩いているようなのが多い。あっちで道順をきき、こっちの風景を見て、ハテこれは一度見たことがあったわいとうなずきながら、どうしてもそこへ辿り着くことができず「ああ、この年になっても方向音痴は直らんもんだなあ」と途方にくれているといった他愛のないのが多い。

ひらめは初見参である。しかもあのひらめは随分汚れていたようだった。海の中でもかなり苦労してきたように思えた。それにしても街の隅ではなく、ゆらりゆらりと広い廊下を気持ちよさそうに泳いで行ったのは、いつも見るうっとうしい気分のものとは大分色合いが違っていて、のんびりしていておかしかった。

「夢の中ではわれわれは、原初的な夜の闇に住んでいて云々」というようなことをユングが言っているのをどこかで読んだ記憶がある。原初的な夜の闇に住んで、そこでも相変わらず道に迷うてうろうろしていたり、ひらぺったく長い廊下を泳いでいったりするのも、まるでこの世の苦楽と変わらずかと思うとおかしくなってくる。

そんな暢気なことから不意に、先日亡くなった富士正晴の「軽みの死者」という著書を思い出した。版元の涸沢純平が「いいタイトルでしょう」と言ったから直ぐ「ほんとだ。いつものズボラな他人任せのもっさりした題名とはまるで大違いや」と相槌を打った。

「軽みの死者」とは、本人が文芸雑誌「群像」に発表した小説の題名である。それを「死者たちの小説集」と帯紙に広告したこの本のタイトルに選んだのは富士正晴自身だったのか、版元か。貰ったとき、中身はすっかり読んだ筈なのに、情けないことにすっかり忘れてしまっている。いままたこの小説の終りの方をパラパラ見た。こんなことを書いている。

「はじめて『軽みの死者』が出て来てくれたなあ。感謝するよ、我が年長の友人よ。とまあ、こうだ」で終っている。

この小説の中身はすっかり忘れてしまったが、私の夢でいえば、これはひらめの方だなと思った。いまは「軽みの死者」になって、富士正晴は原初の夜の闇を、ひょっとしたら茨木の藪の中を、ゆらりゆらりと気楽そうに泳いでいるのかもしれない……。

無言

お前がころっと逝ってしもうて
秋風が吹いてきたいうのに
まだ
うちの貧相な藪蚊が刺しよる。

じゅつないこっちゃ。

な、
富士よ。

好き嫌い

今年になって親身な人が二人亡くなった。親身といっても一度も逢ったこともなければ、手紙のやりとりということも無かった人である。その人の著作物を読んだだけで、こっちが勝手に心を寄せていた人である。誰にでもそういう心癖というものがあろうかと思う。どんなに評判の良いものでも、感心はしても好きになれないということもあるものだ。感心と好き嫌いとは別物らしい。

昔、美人で甚だ世間に高名だった某という上流家庭に育った歌人がいたが、歌の方は知らず、その有名な「美貌」の方も（写真でしか知らなかったが）私にはそのとおりだと納得しながら、てんで好きにはなれなかった。友人の某は「あの人を写真で見てもあごがひき吊るほど痺《しび》れてくる」と絶賛していたが、私は何度その写真にむかい合っても、こんな美人が傍らに居たらさぞ気づまりな事だろうと思ったきりで、別にあごがひき吊りはしなかった。

著作物の方もそんなものか、トルストイのあの厖大な長編小説「戦争と平和」全十巻を、一夏たっぷりかけて読了して、とことん感心して呆けたようになったけれど、こんな大した仕事をなし遂げた作家のおじさんに一度お目にかかりたいなあとは、微塵《みじん》も思い及ばなかった。そのことだけでも、この傑物と正面にぶつかっていった明治の徳富蘆花という人には平伏する。感心するとは好きになることだの見本なのかも知れない。ああいう大きな存在には閉口する癖に、そのくせ、チーホエンテ時代の若き青白きチエホフには、どこか、例えば、気のおけない静かな喫茶店の一隅とか、あまり人気の多くないこざっぱりした画廊の行きずりにでも、チラリとだけでいいから、あの肺病やみの沈静な顔を覗き見してみたい気があったりするから、ま、おかしなものだと思う。

大体私は、小さいときから人みしりの癖がつよくて、身体薄弱、神経質な影のうすい存在だったが、特に食べ物の好き嫌いが激しかった。母方の祖母は小作百姓で終ったが、自分の家でこしらえる漬物しか食べられなかったような暮らしだったけれど、あの時代としては長生きをしたように思う。

久しぶりに京都によばれて出て来ても、肉や魚の御馳走には箸をつけなかった。食べ癖のないものをまるで怖がるようにさえ見えた。いつでも、いやいやするみたいに頭をこまかく左右にふって、部屋の一番隅に、遠慮座蒲団を横に置いて小さく坐っていた。うつむいてほとんど喋らなかった。

私も田舎の祖母に類した片寄った貧しい食生活をつづけてきたわりに、随分長生きしてきたものだと我ながら不思議に思っている。

いまのこの国の平均寿命は男で七十五、六歳位だといつか聞いたが、新聞の死亡記事欄で見る限り、大体その相場に合わせているように思える。世間の大方の老人が気を入れて見る新聞のその部分を例に洩れず私も日課のようにして見るのだが、見て、さてそれでどうした、となると別にどうもしないのである。

死因となった病名を読んで、このごろは馬鹿に「心不全」「急性心不全」というのが多いようだなあ、と思う程度である。年齢相応に心身を衰弱させていって、次第に「死」へ親しく寄り添わせようとするのは、このごろの自然の慈悲かもしれないと思うときがある。呆けるというのも、或いは人間にとって、死への恐怖から救う天の恵みかもしれぬと誰しも思うことを夢想することもある。ただその天の恵みも見たところ公平無私とは参らぬようである。向こう様の方にもずいぶん好き嫌いがあるようである。神様もいけずをなさる。

昨日の眺め

いきなり「おとうちゃん（私のこと）が先に死んだら、棺桶に何を入れたげよう」と、ばあさんが笑って言う。木瓜《ぼけ》の花の真っ盛りで、ほんのりあたたかい午後である。「さてとなるとまるで見当がつかんな」と一応は答えたが、別に入れて欲しいものはない。暑苦しいぐらいだとつけ足したら、暑苦しいはおかしい、みんな燃えてしまうのにと、ばあさんがまた笑った。

車椅子暮らしがもう四年越しになる。めったに表へ出なくなったが、先日の好天気にひょっこり訪れた高校教師のAさんが、疏水端の桜見物に連れ出してくれた。久しぶりの気保養になって有り難かった。肩と膝にいっぱい桜吹雪をのせてニコニコして帰って来た。

それからときどき、ばあさんが車椅子の散歩を誘うけれど、もう一つ気が進まない。七十二歳のばあさんの非力を思うからである。それに年来の腰痛持ちである。あとで寝込まれるようなことになったら、何から何まで万事ばあさん任せの私にとっては大変である。

おかしなことに、私は脚の不自由な障害者になってから体重が増えた。正確に量ったわけではないが、その自覚がある。食欲がぐんと増え、近頃はこれまでのような好き嫌いがほとんど無くなった。運動もろくすっぽ出来ないのに適当に腹が減り、適当に間食もする。老人の意地汚さも十分披露してケロリとしている。我ながらおかしい老人のようである。

おかしいついでに思い出したが、割合マメに続けている日記の去年のを引き出して見ていたら、こんなのがあった。

――六月十八日。第八十一回目の誕生日也。オヤ、マアと驚くばかり。まだ生きているかと思えばいとおかし――

徴兵検査まではとてももつまい、と誰からもいわれていた評判の弱虫がここまでもったとは、我ながら不思議である。長生きの秘訣はどうやら「弱虫であること」らしい。そんなことで六十キロはありそうで、その重たい（おまけに出っ腹の）じいさんを乗せた車椅子を、四十キロ足らずの腰痛のばあさんが押して歩くのは大変な重労働であろうと思う。

そんな矢先、教師勤めの大柄な孫娘が転勤で当分京都の私の家に寄宿することになった。

二十五歳でアメリカ育ちである。早速ばあさんにせかされて私の車椅子を押してくれた。椅子の高さで見る近辺の景色はなかなか新鮮であった。

疏水端の今は青葉若葉の緑陰をたっぷり愉しませてくれた。

景色の新鮮なのは結構だったが、久しぶりに接する活発な孫娘の、今ふうの行儀の悪さにもときどきびっくりさせられた。「親の顔を見たいな」と注意してやると、「その親の親の顔を見たいな」と口答えしてハハハと大笑いする。この間、何かの用事でひょいと家へ寄った弟のジミーに、帰りしな小声で「ビーケァフル」とやさしく声をかけてやった娘でもある。

ばあさんが外出するとき必ず私が「気ィつけてな」と声をかけるのと一緒であろうか。ばあさんに外で怪我でもされたらお手上げである。お体裁でなく本心から私はそう言う。

Be careful!

きんさんぎんさんの百年を思えば、まだまだ私達夫婦は未熟であろう。先日見たテレビの画面で、きんさんがぽつんと呟いている。

――うれしいような

かなしいような……――

百年間を生き抜いてきても、つまるところはそんなところかと感じさせられる。「わかるような、わからんような」気もする。

その故を知らず——「富士正晴画遊録」をみる

茨木の安威というところには不思議と縁があって、戦争中の一年間ほど、ここにある軍需会社の分工場に私は毎日通っていた。

　工場長の使い走りのような仕事をしていた。痩せてひょろりと背の高い工場長は、何事によらず諸事心許なしという顔をしていて、そのどんよりと不分明な表情は、時局柄、いっこう冴えなかった。事があると、長いしゃくれたあごを突き出し、ぎこちなくうろうろと小走りに歩き廻ったりするのであった。筋道たてて、てきぱきと事を処理する、いわゆるきれものといった人の傍に居るよりは、奇妙に、私はこの人の横で同じようにうろうろしているのが、何やら気持ちが落ち着くようであった。

　食べものが極端に乏しいときで、国家の前途を思案するより、工場へ通う長い田舎道に何かのはずみで、じゃがいもの小さいのでも一つか二つかころがっていないかと、目を光らせて歩いていたものだ。事実ころがっていたことが一度あって、素早く駆け寄って、あの粗雑なオールスフの上衣のポケットに蔵い込んだ覚えがある。

縁のつづきは、ずうっと後のことになるが、息子がこの地に在る大学に職を得て、その構内に所帯を持ったこと、そして同じ安威に、敗戦直後の小出版社の同僚だった富士正晴が住んでいて、二十年程前、私が一度その居宅を訪ねたこと。あとにも先にも一度きりの訪問だが、何の用事で出かけたものか、人を訪ねることの洵《まこと》に不得手な自分が、どうしてそんな気になったのかはっきりしなかったのだが、つい先日、送られてきた新著「富士正晴画遊録」を見ていて、ハタと気がついたのである。

私にもお粗末ながら詩画集というのが三冊あるが、その一つの「孝子伝抄」の挿絵を頼みに行ったのであるらしいと、今ごろになって見当がついたのである。

何でも七月か八月か、炎天裡の長い田舎道をてくてくと、太陽にしたたかに灼かれながら一時間近く歩いた気がする。廊下だったか板の間に裸で腹這いになっている富士が私を見上げて「ヨッー」と片手を挙げ、起き直って直ぐ「ビール飲むか」ときいたのを覚えている。

話しながらそのへんに散らばっている新聞を引き寄せて、いきなり切り抜きをはじめたから驚いた。大した勉強家だなあと思った。英文学者で学生に人気のあったYという知人は「私はおよそ新聞というものを読みません」とはっきり断言したのを、つい先頃通勤電車の中で聞いていたからよけい驚いたのかも知れない。対照の妙という奴か。

それにしてもこの「画遊録」を見ていると、つくづく長生きの法楽というものが横溢していて、ええなあと感慨を深くする。若死にしていてはこうも自我の贅沢な発散を見ることは出来ないのであると、当然の事を当然と気づかず、うっとりする程感じ入ってしまうのであるからおかしい。

何やらそのへんの路地裏にもやもやと生えてきたげんのしょうこみたいに、筆も字も色も動いて不器用に生々発展している。みんなに古風なスピードがあってそれぞれに愛想がよい。その上私には何故か「諸事心許なし」という表情をしている気がしてならない。

その心許なしがうろうろせずに腰をおろして、ニタリとほくそ笑んだ感じでもある。あの茨木安威のあごのしゃくれた工場長をついでに思い出してならない。正統派だとかてきぱき能率家とは血筋の違う、どこか不分明な表情というものは、私のような小心非力の人間には、この時代、あの時代といわず生きているかぎり、不思議に心のどこかにポタリと落ち着きの一滴を垂らしてくれる功徳があるものらしい。特に屏風にいきなり書かされたという「書」などがそうだ。しかも私は一番これが好きときている。その故を知らず。

自筆年譜

（一）

○一九〇九年（明治四十二年）当歳。
六月十八日、京都市中京区に、金銀箔置、ぼかし友染を職とする父忠一郎、母春の長男として生まれる。母は近江の国友村の出身。父の後妻として嫁いできた。初江（前妻の子）、静枝の姉二人があった。

○一九一七年（大正六年）八歳。

京都竜池小学校に入学。生来病弱の上に、卒業するまでに右後頭部と左脚甲部に大怪我をする。治癒するまでに夫々一年余かかった。どちらの怪我も降って湧いたような事故による。職人の家には本らしい本は一冊もなかった。小学校の陰気な小さな図書室に、巌谷小波のお伽噺の本が散らかっているのを見たことがあるが、一度も手にしたことはなかった。にもかかわらず、街の本屋での立ち読みは大好きだった。父は字を書けたが、貧農の娘だった母は無筆で、晩年どうして覚えたのか平仮名だけは読めた。講談倶楽部等の挿絵入りのふり仮名の付いた大衆読物を、小さな声を出して、ゆっくりゆっくり音読しているのを盗み聞きしたことがある。その両親からは一度も勉強せいと言われたことがない。またしたこともない。

○一九二三年（大正十二年）十四歳。

丁稚奉公の行先まできまっていたが、身体虚弱と偏屈病（?）を心配してのことと思われるが、どうやりくりしてくれたか、京都市立第一商業学校（甲種五年制）に入学を許してくれた。しかし勉強は全くせず、夜店の茣蓙の上の古雑誌や古本あさりが楽しみであった。一冊五銭の小型本の「ワイルド警句集」というのを手にして、その中の一行「謙遜とは高慢なる含羞である」というのを見て感動したことがある。いつでも自分の年齢よりは背伸びして、難解なものを分かったような顔をして読んでいた。シュペングラーの「西洋の没落」など。三年生のとき、校友会誌にはじめて小説を書いた。Second to none と彫った一等賞のメダルを貰ってびっくりした。五年生のとき、同誌に散文詩まがいの「模造品陳列場」を発表した。そのことで生涯の親友となった同窓生の故藤井滋司（シナリオ・ライター）や故山中貞雄（映画監督）を知った。不景気で父は授業料を出し渋った。口癖のように「これまで支払った授業料分をいつ返してくれる」と催促された。丁稚奉公にやらなかったのを大層悔やんでいるように思えた。

○一九二八年（昭和三年）十九歳。

三月京一商卒業。姉初江急死のため、上海の紡績会社就職を取り止め、九月に大丸百貨店京都店に入社。眼玉の松ちゃんの活動写真時代からの映画に耽溺、キネマ旬報に「チャップリン論」を投稿して賞金七円を手にした。生まれて始めての原稿料であるそれを握って古本屋へ直行した。ゴリキイ、ゴーゴリ、アルチバシェフ、チエホフ等のロシア文学の翻訳書（古本）に没頭した。ドストエフスキイの「死の家の記録」に最も感動した。小説本ばかり読んだ。読むほどに、しかし自分にはとても小説を書くだけの馬力はないなあ、と漠然と覚悟していた。その眺望を愉しみながらの高所恐怖症の如きものか。

○一九三〇年（昭和五年）二十一歳。
大沢孝、野殿啓介（いずれも筆名）との合著詩集『聖書の空間』刊行。書名は天野が考えた。徴兵検査は胸囲狭く栄養不良で丙種。はじめから取られるとは思っていなかった。弱いことに自信があった。その後直ぐ大沢は肺結核で病死、野殿は自殺失敗後行方不明。

○一九三一年（昭和六年）二十二歳。
十月父死去。

○一九三二年（昭和七年）二十三歳。
五月に第一詩集『石と豹の傍にて』を貯金をはたいて刊行。当時、プルーストの「スワン家の方」というタイトルがしょっちゅう念頭にあり、それが書名のきめてになった。

○一九三四年（昭和九年）二十五歳。
五月に創刊の文芸誌「リアル」に同人として参加。他に北川桃雄、村田孝太郎、田中忠雄等。十一月に詩集『肉身譜』（丸善京都店）を刊行。

○一九三五年（昭和十年）二十六歳。
十一月母死去。身内の葬式を幾つも出して、自分一人になってしまったので、中京区の生まれた借家を離れて下宿する。当時、道の中央を歩くと、眩しくて中心を失い倒れそうになり、片側の陽かげをえらんでこそこそ歩いた。「リアル」にエッセー「自殺について」を書いたのもこの頃である。自殺は行為ではなく半行為だから自殺しないという気でいたらしい。

○一九三七年（昭和十二年）二十八歳。
七月に「リアル」同人の一部検挙される。十二号にて廃刊。検挙は免れたが以後、一九四五年頃まで書かず読まず、僅かに落語や漫才の寄席芸をたのしむ。

○一九三八年（昭和十三年）二十九歳。
四月に執行猶予中の北川桃雄夫妻の仲人により、淡路島出身の田中秀子と結婚。のち男子二人を儲けた。

○一九四三年（昭和十八年）三十四歳。
七月に北川桃雄のすすめで『京都襍記』を編集出版した。京都に就いての諸名家の随筆、エッセー、小説等の抜萃集である。定価は㊝として四円であるのに「特別行為税相当額拾九銭」「合計売価四円十九銭」と奥附にある。発行部数も五〇〇〇部と明記。よく売れたが再版は、時局に適せずとして情報局から許可されなかった。この年、舞鶴海軍工廠に徴用されたが、ここでも診断の結果身体虚弱のため三日目に返された。蒲団袋と一緒にいそいそと宿舎のある山を降りた。十一月に大丸百貨店を退社、再度の徴用召集を逃れるため、軍需会社である阪神内燃機工業に入社。庶務主任として入ったので、同年輩で古参の部下から猛烈な嫌がらせにあう。デスクの抽出しに大きな腐った魚が放り込んであったりした。朝四時起床、四時半洛北の家を出て車庫から出て来る一番電車で京都駅へ、それから国鉄で神戸兵庫まで、水っぽい雑炊腹でふらふらと通勤した。上司の元海軍少尉の老課長からもいためつけられた。虚弱体質が上からと下からのいじめとしごきで、適当にしなやかになっていったようである。

○一九四五年（昭和二十年）三十六歳――一九四八年（昭和二十三年）三十九歳。

阪神内燃機工業を退社。直ぐ生活苦に襲われた。敗戦後、雨後の筍のようにできた出版社（和敬書店、圭文社等）に就職。圭文社には富士正晴が、兵隊靴をはいてのそっと、編集部員として入社してきた。社長の経営方針と闇紙の入手困難で嫌気がさし、富士等を残して退職。煙草屋の店の半分を借り受け、自分の蔵書を並べて古本屋「リアル書店」を開業した。地方新聞の消息欄に出てそれまで消息不明だった詩人達との接触があった。

○一九四九年（昭和二十四年）四十歳。

五月に天野隆一、田中克己、城小碓（本家勇）、天野忠の発起で、コルボオ詩話会（のちコルボオ）を創立、元「リアル」の同人だった文童社社長山前実治の手になるガリ版刷りのテキスト（全三十号）を作り、毎月欠かさず研究会を行った。所期の十年間（至一九六〇年）を終えるまでに、年刊詩集十冊、個人詩集数冊、詩誌「コルボオ Corbeau」一号、二号を刊行した。

○一九五〇年（昭和二十五年）四十一歳。

四月にコルボオシリーズ第二編として、詩集『小牧歌』刊行。山前実治（文童社）の世話になった。

○一九五一年（昭和二十六年）四十二歳。

古本屋稼業の外に、美術雑誌社（東京）の嘱託もしていたが生活困窮、五月に奈良女子大学教務課に転職した。のち附属図書館に移り、事務長として一九七一年四月まで勤めた。この間副業として私立高校の講師にもなった。学長仏文学者落合太郎に親しむ。

○一九五二年（昭和二十七年）四十三歳。

九月に詩集『電車』刊行。ガリ版手摺りの粗末な小部数限定自家版、これまた山前実治の援助に依る。

○一九五四年（昭和二十九年）四十五歳。

六月に詩集『重たい手』（第一芸文社）刊行。

○一九五八年（昭和三十三年）四十九歳。

九月に詩集『単純な生涯』（コルボオ詩話会）刊行。このころから愚かなまでに深く「年齢」というものにこだわるようになった。と同時に転身（心）を考えはじめた。鏡を見ることを怖れる。このころから腎臓病に苦しみ、奈良へ通勤しながらの長い闘病生活をつづけることになった。

○一九六一年（昭和三十六年）五十二歳。

十月に詩集『クラスト氏のいんきな唄』を自費で刊行。この粗末なタイプ印刷の詩集を出したことで、長い精神の鬱血状態から放たれたようなほどよい解放感があった。

○一九六二年（昭和三十七年）五十三歳。

六月に滋賀の武田豊編集の詩誌「鬼」に三十二号より参加。九月に京都の山前実治、依田義賢、滋賀の井上多喜三郎等の雑誌「骨」に二十号より参加。

○一九六三年（昭和三十八年）五十四歳。

この年から華道誌「花泉」に毎月随筆の連載をはじめる。友人の第一芸文社主中塚勝博が、同誌の編集を委嘱されていたためである。六月に大野新、清水哲男等の詩誌「ノッポとチビ」十六号に作品を寄せ、以後欠かさず寄稿をつづけている。十二月に詩集『しずかな人　しずかな部分』刊行、『重たい手』と同じく版元は第一芸文社。同月、アンソロジイ『花の詩集』（同社）を編集刊行。「小病はすれど大病はせず。なむなむと暮らしている」と友人に寸信を書いて、「なむなむとは何ぞや」と問われたことがある。無事平穏の謂である。腎臓病をかかえながらも。

○一九六六年（昭和四十一年）五十七歳。

九月に『クラスト氏のいんきな唄』の改題増補版として、詩集『動物園の珍しい動物』（自装）を文童社より刊行。この書に未練たっぷりで未だに更なる改題増補版を出したい気持ちがある。

○一九六八年（昭和四十三年）五十九歳。
六月に、身近に知り合った詩人達の消息を主としたエッセー集『我が感傷的アンソロジイ』（文童社）刊行。

○一九六九年（昭和四十四年）六十歳。
十月に詩集『昨日の眺め』（第一芸文社）刊行。

○一九七〇年（昭和四十五年）六十一歳。
十二月に作家富士正晴との詩画集『孝子伝抄』刊行。

○一九七一年（昭和四十六年）六十二歳。
九月に洋画家高木四郎との詩画集『人嫌いの唄抄』刊行。

○一九七二年（昭和四十七年）六十三歳。

六月に染織作家佐野猛夫との詩画集『酸素そのほか』刊行。詩画集は三冊とも山前実治の文童社発行。この年、英国ペンギン・ブックス“Post-war Japanese Poetry”に「米」「注意」「哲学者」「叫び」の四編英訳詩掲載。のちBBC（英国放送）に依り再度放送された。

○一九七三年（昭和四十八年）六十四歳。

七月に随筆集『余韻の中』（永井出版企画）刊行。華道誌「花泉」に連載中の随筆を集めたもの。このころからすこしずつ人並みの健康感を得たような感触あり。背伸びをせずあたりを見る。十月に『天野忠詩集』刊行。版元は永井出版企画で大野新が懇切に長い解説を添えてくれた。宮園洋に「はんなり」した装釘を依頼した。第一詩集『石と豹の傍にて』から未刊詩篇「音楽を聞く老人のための小夜曲」までの内二一五篇を選んで収めた。この書を故北川桃雄夫妻に捧げた。「第二回無限賞」を受賞。その授賞式ではじめて西脇順三郎、草野心平、伊藤信吉氏等東京在住の詩人に会う。自分より若い年齢の東京の詩人達の、その明晰と軽快な早口に畏怖の念を抱く。

○一九七六年（昭和五十一年）六十七歳。
四月に詩集『その他大勢の通行人』（永井出版企画）刊行。
○一九七九年（昭和五十四年）七十歳。
五月に詩集『讃め歌抄』（編集工房ノア）刊行。株式会社編集工房ノア主人の若い涸沢純平を識り、以後同社から著書の出版が多くなった。体重が五十キロを超え驚く。
○一九八〇年（昭和五十五年）七十一歳。
八月に随想集『そよかぜの中』（編集工房ノア）刊行。『余韻の中』につづく「花泉」誌連載中の随筆を集めたもの。体重五十三キロを超え驚く。
○一九八一年（昭和五十六年）七十二歳。
六月に詩集『私有地』（編集工房ノア）刊行。「第三十三回読売文学賞」受賞。
○一九八二年（昭和五十七年）七十三歳。

二月に京都新聞連載の、和田洋一、松田道雄との鼎談『洛々春秋―私たちの京都』(三一書房)刊行。八月に詩集『掌の上の灰』(挿絵滝田ゆう)編集工房ノアから刊行。京都新聞家庭欄に、「日に一度のほっこり」と題して連載したライト・ヴァースを集めたもの。

○一九八三年(昭和五十八年)七十四歳。

六月に詩集『古い動物』(れんが書房新社)刊行。宮園洋の斡旋と装画に依る。体重五十五キロ丁度になり大いに出世した気分になる。九月に編集工房ノア社主涸沢純平の企画で、詩集『夫婦の肖像』(富士正晴解説)刊行。既刊詩集からの抜萃による。十一月に『天野忠詩集』(大野新解説)《日本現代詩文庫11》土曜美術社より刊行。

○一九八六年(昭和六十一年)七十七歳。

六月に『その他大勢の通行人』より未刊「世界・演戯そのほか」に至る二二五篇を収めた『続天野忠詩集』(大野新解説)を編集工房ノアより刊行。「第四十回毎日出版文化賞」受賞。七月に『天野忠詩集』(作品論 三好豊一郎・吉野弘、詩人論 大野新)《現代詩文庫85》思潮社より刊行。十二月に「京都新聞文化賞」受賞。この年巴里で出版された日本現代詩のフランス語訳『現代日本詩選』“Anthologie de la poésie japonaise contemporaine”（ガリマール社）に「しずかな夫婦 Un couple bien tranquille」訳載される。訳者は Yves-Marie Allioux

○一九八七年（昭和六十二年）七十八歳。

六月に詩集『長い夜の牧歌』（装画天野忠、装釘宮園洋）を書肆山田より刊行。京都新聞家庭欄に一年間（毎日曜日）連載したライト・ヴァースをまとめたもの。誕生日六月十八日以後急速に「老衰」を感ずるようになって、我ながら「見苦し、見苦し」と声に出して叫ぶこと多し。

（以上『木洩れ日拾い』一九八八年刊「年譜」より）

（二）

私は日記を怠らずつけてきたが、世の中のことには知らん顔をして、概ねは天気のことや自分の気分と古女房との対話ぐらいですましている。会や催しに外へ出て他人と喋るようなことはあまりない。この年譜のために押し入れから古い日記を出してパラパラと見たが、どちらを向いてもとるに足らぬ日常茶飯事を大事そうに書いている。それでもよければと思って書く。前の永井出版の『天野忠詩集』に大野新君の書いてくれた「年譜をなぞりながら」のつづきみたいなようなものである。

○一九七四年（昭和四十九年）六十五歳。

十月に東京永井出版企画より『天野忠詩集』を出した。大野新君達の応援の賜物である。十二月中旬、これの「第二回無限賞」受賞を電話で知らされる。履歴書の賞罰の欄にこれまでは、「ナシ」一辺倒だったが、これからは「賞アリ」だなと思ったが、この年齢《とし》ではもうその履歴書を出すアテも気もない。とにかく賞金を貰えることは直ちに無職者の生活向上で豪儀なことだとよろこぶ。いささか不労所得みたいな気がするが。それより前の十月末日に、フジテレビで「しずかな夫婦」を森繁久彌が朗読した。思わせぶり。

日記から——人間の値打ちに点数をつけると、あなたは亭主に何点つけますか、というようなことをテレビでやっているので、女房に、お前さんは何点呉れると聞いたら、一寸考えてるふりをして直ぐ「七十点やな」と答えた。学校の成績でいうと七十点は「良」だと言うと「大分色をつけてる」と弁解した。その色は薄いか濃いかともう一つ念を押したら「大分濃い色やな」と答えた。そうだろうなと思った。

○一九七五年（昭和五十年）六十六歳。

四月から京都新聞に「現代のことば」の連載を始める。約月一回、六十五回つづいた。他愛ない昔の思い出話が多い。それに類した一例——商業学校で英会話のイギリスの婆さん先生が出席簿の名前を呼びあげるたびに、生徒の私達は「ヒャー」と答えた。あの当時は、何故「イエス」でないのか不思議に思っていた。Here はここに居ますの意味であると知ったのは大分たってからであった。（何につけても出来の悪い子供で、家で勉強ということをしたことがなかった。どんなことを勉強というのかてんで知らなかったのだから、あんなことは、小学校で修身の時間に、黒板の上からだらりと垂らして見せる掛軸の螢の光、窓の雪のような絵空事みたいなものだと思っていたからおかしな子供であった。もっとも職人の親から一度も勉強せいと言われたこともない。夜店の茣蓙の上の十銭均一の古本や古雑誌を買ってしょっちゅう読んでいたから、小学校も行けなかった母親の眼には勉強しているように見えたのかもしれぬ。）「ヒヤ、ヒヤ」と二度重ねて答えて青い眼のいんきな婆さんから叱られたこともある。その婆さんの苦手は算盤の音と、床に水を撒いておくことであった。どちらも彼女にとっては「ダーティ」の対象であったらしい。外人の女性から（婆さんでも）声をかけられるのは、何か奇妙にソワソワさせる新鮮な感覚があった。おとなしい平凡な生徒であった私も一度か二度、ダーティ・ボーイとひどく罵られたことがある。机の上からわざと算盤を落としてみたのである。

○一九七六年（昭和五十一年）六十七歳。

四月に永井出版企画より詩集『その他大勢の通行人』刊行。六月に英国BBC放送より「米」「叫び」「注意」放送される。『動物園の珍しい動物』の中の詩篇である。

六月十八日の日記――誕生日、六十七歳也。昼寝していたら指がモゾモゾする。蟻が指の上を思案深く歩いている。恰好なところに来たので指で弾じき飛ばしたが、蟻はそのとき眼を閉じるものか。下着その他を買いに女房とスーパーへ行った帰り、泥んこ道のところで「後悔の泥は高くはねあがる」という言葉を知ってるかと聞いたら知らんと言う。儂の言葉やがなと白状したら、阿呆らし、と向こうを向いた。

○一九七七年（昭和五十二年）六十八歳。

六月にまた英国BBC放送により「米」「叫び」等再放送あり。聞くによしなし。日記から――いつか福田泰彦さんが家に来て簫《しょう》を吹いたことがある。三部屋しかない平家が破裂しそうな凄まじい音がした。一曲済んで、眼を細め「まことに失礼しました」と丁寧に一礼して、キラキラした袋のような大層なものの中にゆっくりその楽器を蔵い納れた。家のすみずみにまで、簫の音をまるで名香を焚きしめておくという感じがした。帰ってからも、障子の開け閉めするたびに、その凄まじかった響きの破片がこぼれ落ちて足を刺すようであった。

○一九七八年（昭和五十三年）六十九歳。

六月三十日、上京する。大野新詩集『家』H氏賞受賞式に参列するため。東京には沢山詩人が居ることに驚く。それもおしなべて早口の人が多く、年齢よりぐんと若く見えるのみならず悧巧そうに見える。馬の眼を抜くようなという古いたとえは現在も間違いでないようである。あまり長居は出来ない。

朝日新聞にエッセー「私の逢った人」を六回連載、その他「小説新潮」「詩と思想」その他に詩作品発表。

六月十八日（誕生日）の日記——陽がよくあたっている児童公園の滑り台の上を、スルスルと気もちよさそうに滑っていく乾いた雑巾の夢を見た。無為徒食の肩が凝っている。七十肩というのもあるのか。

○一九七九年（昭和五十四年）七十歳。

五月に詩集『讃め歌抄』編集工房ノア刊。「詩学」「朝日新聞」「ユリイカ」その他に詩作品発表。

日記から——Sさんの話では、日本にいる九官鳥は皆牡だそうな。台湾の大事な輸出の目玉商品になっていて、メスは絶対に輸出しない由。男ばかりが売られていくそうである。そのSさんの家で特上の握り鮨を御馳走になった。涙が出るほど旨しかったが、この老人がそんな表情をしては沽券にかかわると思い事もなげな顔をするのに苦労した。しかし普段が普段だから見破られたかもしれない。

○一九八〇年（昭和五十五年）七十一歳。

八月に随想集『そよかぜの中』を編集工房ノアから出す。詩作品は「無限」「心」「馬」

「詩学」その他に発表。

日記から――「体臭」という言葉を聞いて「アッ」とびっくりしたような顔をして「それ、その体臭という言葉は哲学にはありませんわ」とうちに来た女性が叫んだことがある。いまそれを思い出して苦笑している。四十歳ぐらいで、亭主に二度逃げられたと自分で喋っている。長男と二人で塾を経営していて大いに繁昌しているそうな。国立大学文学部哲学科卒。普通のおばさんの顔をしている。どうしてうちへ来たのか分からない。きれいなお辞儀をしておだやかに帰って行ったが――。夕刊に流行作家のSが、しきりに自己の老いに迫り来る孤独感や厭世感じみた達文の感慨を洩らしている。この人五十六歳になったばかり。丁度いい湯加減で自分の年齢にうっとりと感傷的になる年ごろか。こっちは七十歳を越してぼんやりしている。

○一九八一年（昭和五十六年）七十二歳。

六月に詩集『私有地』を編集工房ノアより刊行。三十三回読売文学賞を受ける。詩作品を「現代詩手帖」「馬」「詩学」その他に書く。

日記から――永井荷風は、死後のことを（小堀杏奴さんの『朽葉色のショール』という本の中で）「あそこへ行けば、森先生（鷗外）ともあえるし、上田敏先生もいるよ。ぼくはそう思うから、死ぬということは決して悲しいことでも、さみしいことでもないんだ」と言ったそうである。それにゾラやモォパッサンにも逢えるだろうと思っていたらしい。「為永春水なんかはぼくの顔を見たら泣きますよ。ぼくもその時は泣くかもしれないな」そう言ってから「芸術家っていうのはそんなものですよ」と鷗外の娘小堀杏奴さんに語っている。そんなもんかもしれまへんな、儂もそう思いますなあ、とこんな場合なら気易く荷風じいさんの肩をたたける気がするが、この人、相手を見ていろいろ仕分けするだろうから、私のような三下奴が近づいたら小金の無心にでも来たか、というような眼つきでキュッーとにらむかも知れない。

○一九八二年（昭和五十七年）七十三歳。

二月に和田洋一、松田道雄両氏との鼎談『洛々春秋』（私たちの京都）を東京三一書房より刊行。京都新聞に一カ月連載したライト・ヴァース『掌の上の灰——日に一度のほっこり』を編集工房ノアより刊行。挿絵、滝田ゆう。詩作品は「ノッポとチビ」「馬」「文藝春秋」「詩人会議」等に発表。

六月十八日の日記——誕生日也。七十三歳となる。オヤオヤとしずかに驚いてあたりをソッと見廻す如し。この世の至極浅い水面をボチャボチャと事もなく泳いできただけの老人でも、人並みに疲れきった深刻な皺だらけの顔になっている。十九世紀末の文明を生きた人は「倦怠」や「憂愁」を歌ったが、我々の二十世紀末の文明の中では「下痢」や「崩壊」を歌う仕儀になった。大野新の『家』では「下痢」を、その他の多くは「崩壊」を軽妙に語る。脇の下からくる憂鬱もあれば、ズボンの裾からこぼれてくる虚無もあるらしい。それを上手に掬う詩もある。死んだ荒木文雄の詩はずうっと「憎悪」を薯蕷の皮で上品にくるんだ作品だった。心の中だから誰の名前に五寸釘を打ちつづけていたのか分からない。私は知っているつもり。

○一九八三年（昭和五十八年）七十四歳。

六月に詩集『古い動物』を東京れんが書房新社より刊行。永井出版企画の本と同じ宮園洋さんの装釘。九月に編詩集『夫婦の肖像』を編集工房ノアより刊行。十一月に土曜美術社より『天野忠詩集—日本現代詩文庫11』（解説大野新）を刊行。NHKラジオ放送で「一冊の本—ゴーリキーの幼年時代」、六月にしぶしぶ生まれて二回目の講演？　というのをする。題名は「むだばなし」。ずうっと前にある女子大学で生まれてはじめてやったのは、自分の神経衰弱の癒り加減をテストするためであった。題名はたしか「死ということ」、不思議にそのあとすっきりとして九分通りノイローゼは治癒したように感じた。今度の二回目は、その後口《あとくち》が悪くて神経衰弱にかかった気がした。もうあんなものはするものではないと思った。講演は聞くものである。

詩作品は「ノッポとチビ」「馬」「読売新聞」「文藝春秋」その他に発表。九月に杉本秀太郎氏との対談（雑誌「太陽」特集）あり。京都新聞に「続掌の上の灰」（ライト・ヴァース）を一カ月連載。

日記から——庭で梅の若木を丁寧大事に植えたあとのふっくらとした柔らかな土の上で、蟬が天を仰いで死んでいた。うまく死ぬな、と思った。近所の幼稚園児のヨシオがそこへ来て蟬の死骸を見て「ミンミンという蟬もいるしシンシンというのもいるし、ホッホッというて鳴く蟬もいるし……」と考え深そうに言うから「ほんまか」と聞いたら、うつむいたまま「ほんまや」と小さい声になり、死んだ蟬を拾って帰って行った。ほんまみたいな気がしてきた。ホッホッというて鳴く蟬。

○一九八四年（昭和五十九年）七十五歳。

詩作品を「詩人会議」「詩と思想」「ラ・メール」「英文毎日新聞」等に発表。

六月十八日の日記――「誕生日」二枚書く。今日満にして七十五歳の誕生日也。おやおやとおかしけれども。大田垣蓮月尼の手紙に「とかく人は長生をせねばどふも思ふ事なり不申、又三十にてうんのひらけるもあり六十七十にてひらく人も御座候事ゆへ、御機嫌よく長寿され候事のみ願ひ上げまゐらせ候。云々――」いい手紙というものはゆっくりしたリズムを持っている。当たりまえのことを喋っていてものびやかで綺麗である。私のようにそんなに機嫌よう長生してきたわけでもない老人にもそう思える。「長寿され候事のみ願ひ上げまゐらせ候。」

○一九八五年（昭和六十年）七十六歳。

八月に右眼手術（老人性白内障）人工水晶体を入れる。外の世間が半分偽物に見えて足がよろける。しかし眼鏡は不用である。新聞の毎朝毎夕の死亡記事はやっぱり拡大鏡で見る。他人の死を大きくひろげて見る。

詩作品は「ノッポとチビ」「七月」「鳩よ！」「銀河詩手帖」等に発表。

六月十八日の日記――斎藤茂吉七十歳、死の前年の作品「わが色欲いまだ微かに残るころ渋谷の駅にさしかかりたり」というのがあるそうな。「残るころ」のところを「疼くころ」にしたらどうかと七十五歳の客人Aが言ったら、四歳年長の客人Sが「うん、実感ですな」と大真面目に呟いたから少々驚いた。八十の坂にさしかかりけりだなと思って私も微かに笑った。

○一九八六年（昭和六十一年）七十七歳。
京都新聞にライト・ヴァース「老いについての50片」を一月より毎日曜日に連載（一年間）、カット（自筆）も。カットであって絵ではない。ドロッとした絵の具で絵を画きたいと思う。

○一九八七年（昭和六十二年）七十八歳。
元日に上等のシャツを一枚よけいに着て、餅を二つ食べたら大いに驚かれた。じじいの大喰らいは見苦し。知人の息子で四十歳を超えたノボル君がのっそり入って来て何も言わずのっそり帰って行った。この人はいつでもおだやかに微笑している。佳日。

この年の暮れ、近くの外科病院からの帰り、いきなりよろよろと足が揺れて歩けなくなり、路上にへたり込んだ。路のまん中である。そのへんで遊んでいた子供が見ていて親に知らせたらしく、親切にかかえられてその人の車に乗せてもらい家まで送られた。足だけは達者、と自慢していたその足が眼の次にやられた。この春、女房に買って貰ったステッキ（私は伊達《だて》散歩用と称していたが）がこれからは役に立つと観念した。

詩作品は「春の紐」「読売新聞」（東京）に書いた外「詩人会議」「詩と思想」「詩学」「淡交」等に発表。東京書肆山田より詩集『長い夜の牧歌』刊行。副題「老いについての五十片」

日記から――好晴。センキョの車、車喧し。木瓜の花二輪ほころぶ。鶯来ず。今日は右眼の視界がほんの僅かひろがった気がする。白秋の「里檜」という歌集に「照る月の冷《ひえ》さだかなるあかり戸に　眼は凝らしつつ盲ひてゆくなり」というのがある。我にも歌の如きもの湧く。

――木洩れ日に眼はひたしつつ見る闇の
　　はだらに白し古き乳のごと
足と眼と順調に劣えて老い深まる感じ也。

○一九八八年（昭和六十三年）七十九歳。

三月、『我が感傷的アンソロジイ』（書肆山田）届く。古い本の蒸し返しで怖ずおず少し読む。いつもの自分に至極甘い癖で「これはこれで」とそれなりに納得するものあり。このことこそ全く「感傷的」也と笑う。

日記から——四月十一日。通院、往復疏水傍の桜並木をよたよたと歩いて見物して通る。人も居ず閑か也。小田原のI君から礼状と一緒に、RKO映画のチラシを送ってきた。三百人劇場とかで昔の古い映画をやっているそうな。私ならその昔のJ・フォード監督の「男の敵」をもう一度見たいと思う。この眼ではどうかと思うけれど。山吹が元気に咲き出した。木瓜はもう一寸気張らんとダメ。

十一月二十八日。大津市民病院（脳神経外科）へ入院す。「黄色靭帯骨化症」前日Tさんから電話で「いよいよ明日から入院ですね」と嬉しそうな声で言ってきた。このTさんはいつか「私は病気のお見舞いをするのが大好きです」と喋っていたことがある。

○一九八九年（昭和六十四年／平成一年）八十歳。

去年十一月末入院したその翌日手術をしたが、造影剤の副作用で両下肢麻痺、歩行不能に陥る。沢山食べ沢山飲み沢山出せと言われる。車椅子とベッドの暮らしが始まった。

この年の二月、詩集『万年』編集工房ノア刊行。

日記から——六月十八日。今日で八十歳になる。おかし。

十二月二日。曇。少し寒い。幸田露伴そっくりの老人が、風呂の中で立ち上がりまことに大きなペニスをごしごしと手荒く洗っている夢を見た。

○一九九〇年（平成二年）八十一歳。
まだ小さかった孫のヒューに背を踞めて、Who are you？とふざけて聞いたら、直ぐSomething else. と答えた。あれを日本語に訳すると「別に……」になるのかもしれぬ。それを長いこと経って息子（大学で英語を教えている）にたずねたら「何かテレビなんかに出てくるスーパーマンの名前かもしれない」と曖昧な口調で答えた。その本人のヒューが高校生になってひょっこりコロラドから来た。一八五センチの豪快な青年になっている。それを見上げていまWho are you？と聞いたら何と答えるだろうか。
日記から——十一月四日。小雨。テレビで九十七歳でまだ活躍しているホルショフスキイのピアノを聴く。八十七歳で結婚した夫人とゆっくり散歩しているのも見た。つい先日、知人の三歳になったばかりの息子が病死したと聞いたばかり。九十七歳でピアノを弾く人あり、三歳で死ぬ人もあり。

○一九九一年（平成三年）八十二歳。

車椅子の輪の冷たさや日記始め。物忘れのはげしさに驚くばかり。まだら呆けというのがあるらしいが、私の物忘れもそれに該当するのかも知れぬ。まだら状に呆けるというのも選ばれた一つの性格か。私の祖父は老来たいへん無口になり、煙管《キセル》で煙草を吸いながら、小さな庭のたたずまいを一日中おだやかな眼でしずかに眺めていた。悪戯坊主の私がつけ入る隙がないようであった。その祖父の年を超えた。

日記より――六月十八日、八十二歳になる。何故かおかし。どうしてこんなに長生きしたか？　弱かったから。

○一九九二年（平成四年）八十三歳。

八十歳を越えてから体質が変わったようで何かと戸惑うこと多し。しかし夜中に見る夢は昔と変わらない。出てくる人物も風景も似たりよったりである。曖昧な心細い性格の弱者がいつも他人の後ろからボソボソ歩いて行くようなものばかり。大声で吸鳴ったり太刀を振りかざしたりという元気のある突拍子もない夢を見たことがほとんどない。夢の性格も変にいじけていて面白くない。しかも現在の身分は身障者で、ばあさんにすっかり介護されている。いじけたじじいである。東京在住の古い友人のAから「足を大事に」という見舞い状を貰ったが、そういう彼もよぼよぼらし。適当な死というもあり。

日記から——一月二十七日。晴天。風もなし。野良猫がブロック塀の上をゆっくり歩いて行く。ガラス戸越しに車椅子のこちらの眼と眼が合う。

ゆったりと当方を無視して、さしたることもなしという顔をして行ってしまう。自然界の立場では、完全にこちらは下位にある。

結婚祝いに貰った柱時計がこのごろ急に進み出した。十分進んだり十五分も進んだりする。それでも忠実にコッチンコッチン働いて間違った時を知らせてくれる。あれからもう五十三年にもなる。辛度いことならん。それが私にはようく分かる。

（以上『春の帽子』一九九三年刊「一九七四年からの略歴」より）

*

解題

『余韻の中』

（あとがき）

九州の小倉から出ている、「花泉」という雑誌に、ここ何年来毎月連載してきた随筆まがいの雑文を、本にして下さるというのでまとめてみた。（最後の一章だけは新聞発表）全体の半分ぐらいにしぼってみたが、どっちから見ても至極埒のない文章で正直お恥ずかしい。月並みの、それも寸足らず人生の、「余韻の中」に居て、貧寒なその裾の方にひっそり寝ころんでいるような風情でもあろうか。

出版にはいつも色々な人達のお世話になるが、今度は、畏友大野新君、中塚勝博さんには格別の御骨折りや御面倒をかけた。皆さんに心から有り難いと思っている。

昭和四十八年六月　著者

＊

一九七三年七月三十日、東京都板橋区大谷口北町四一・永井出版企画発行。本文二七〇頁。四六判。上製本。函装。

『そよかぜの中』

（あとがき）

「余韻の中」につづく私の二番目の随筆集である。「花泉」誌（北九州市）に連載したもので、中身は、前著と同じく日常茶飯事ばかりである。

余韻といい、そよかぜといい、自分という頼りなげな存在の何かが、その中に浮いている気分である。いつでも本筋のところをはずれて、弱虫は弱虫なりに、どうにかこうにか生きてきた、生かされてきたことの不思議さに、ときどきぼんやりすることがある。

年経て古びた顔にも、春さきのそよかぜが吹く。

昭和五十五年早春　天野　忠

＊

一九八〇年八月一日、大阪市大淀区中津三―一七―五・編集工房ノア発行。装幀・粟津謙太郎。本文二六〇頁。四六判。上製本。カバー装。

『木洩れ日拾い』

（あとがき）

前の『そよかぜの中』と同様、北九州市の「花泉」誌に連載したものに、今回は版元の希望もあり新聞（京都新聞、朝日新聞）に、時折り発表した随筆類の幾つかを集めた。編集、案配はノア社主の労に倚るものである。

これが「ノア叢書」の一つとして世に出ることは、私にとって有難いことだと思っている。

目下の私は、しかし、老化のもたらす複数

の疾患でいろいろと不如意の暮らしをつづけている。歩行の困難もその一つ。

　前記の本の「あとがき」には「年経て古びた顔にも、春さきのそよかぜが吹く」と書いたが、今はそんな鷹揚な気分ではない。古びた顔に梅雨の黴を生やしているようだ。

　それにしても、木洩れ日を拾うて余生を歩む私のよちよち歩きは、まるで、やっとはだしで土の上をはじめて踏む幼児のようだ、と思わず苦笑することがある。

　昭和六十三年五月　風のつよい日　天野　忠

＊

一九八八年七月十五日、大阪市大淀区中津三―一七―五・編集工房ノア発行。ノア叢書11。装幀・粟津謙太郎。本文二五〇頁。四六判。上製本。カバー装。

『春の帽子』

＊

一九九三年二月二十日、大阪市北区中津三―一七―五・編集工房ノア発行。装幀・粟津謙太郎。本文二〇六頁。四六判。上製本。カバー装。

選者のことば

詩人天野忠には生前に四冊、死後に二冊の随筆集がある。後者、すなわち『耳たぶに吹く風』（一九九四）と『草のそよぎ』（一九九六）は、作者から預っていた未発表原稿を編集工房ノアの涸沢純平が整理し、二つに分け、それぞれに題をつけて刊行したものである。

『耳たぶに吹く風』は「古いノートから」と「自筆年譜」（本書に再録）から成る。前者にはわずか一、二行の箴言風のものをふくむ約二百の短文が収められている。「古いノートから」の題も、順に番号を付した配列も生前に作者によってきめられていた。

題にした「耳たぶに吹く風」は、「ノート」のなかで作者が気にいったと記している三浦哲郎の文章のなかの言葉、「耳たぶを吹く風のような溜息を洩らした」から、許可を得て採ったもの。

九十三の短文から成る『草のそよぎ』には、題名のついてないものがかなりある。いくつかは、別に随筆として仕上げて発表された。「草のそよぎ」の題は、この本のなかの「老年」の「時間という草のそよぎに頬っぺたを吹かれているような老年」から採られた。ただし本書を編むにあたり、紙幅の関係上、右の二冊は選の対象から外さざるをえなかった。

ついでに書くと、これは随筆集ではないが、重要な散文作品として『我が感傷的アンソロジイ』がある（初版一九六八年、文童社。一九八八年、書肆山田）。身近に知り合った詩人たちの追想と批評であるが、これによってこの感傷を好む詩人の「感傷」がいかなるものかを知ることができるだろう。

このほかに、松田道雄、和田洋一との鼎談『洛々春秋—私たちの京都』（一九八二年、三一書房）があり、若いころ赤面恐怖症で社交べた、口べたを自認するこの人の、別人がごとき口達者ぶりをぞんぶんに楽しむことができる。

というわけで、本書に収められた文章は、生前刊行の随筆集『余韻の中』、『そよかぜの中』、『木洩れ日拾い』、『春の帽子』の四冊から選ばれた。このうち『余韻の中』（一九七三年、永井出版企画）のみが現在、入手できない。したがってつい欲張って、その全体のほぼ半数に当る二十五篇をここから選んだ。本書の全ページの半分ちかくを占める。そのため、他の三冊から選べる数が減ってしまった。これは言うまでもなく、作の出来栄えとは何の関係もない。目こぼしも少くないだろう。ぜひ、それぞれの親本で補って読んでいただきたい。

なお、本書の「解題」のところに、右の四冊の随筆集に付せられた作者の「あとがき」が再録されている。それによって、そのときどきの執筆のいきさつ、作者の心境などを知ることができる。

巻末の作者の自筆年譜は、「とるに足らぬ日常茶飯事を大事そうに書いてある」という日記からの引用がふんだんにあって、これ自体、随筆としてのおもしろさがある。これも一つの作品と見てよいだろう。

天野忠は詩とエッセイを書くときの違いを訊ねられて、詩は全力疾走、エッセイはジョギングと答えたそうである。二十までは生きられまいと危ぶまれた虚弱体質の人が、生涯、全力疾走したことはまあ、あるまいし、またダンディであることをひそかに誇っていたこの老詩人が、まさかジョギングなどという野暮な真似はしなかっただろうと思う。それでも自作にかんして、右のような比喩を用いているのがおもしろい。晩年、車椅子の生活を強いられることになるこの詩人は、足にいささかの自信をもち、その足で歩くことが好きだったのである。

その好きな毎日の散歩、近所のそぞろ歩きの沿道の景色が変らないように、天野忠の随筆の中身は変らない。ほとんどすべてが些細な日常茶飯事をはじめ、古い昔の思い出、老いのくりごとなど、つまり何でもないことである。

この「何でもないこと」にひそむ人生の滋味を、平明な言葉で表現し、読む者に感銘をあたえる、それこそが文の芸、随筆のこつ、何でもないようで、じつは難しいのである。『草のそよぎ』のなかの「寸感」と題された文章を、少し長いがつぎに引く。

寸感

詩の中に、何でもなさ、を取り扱うことは大変むつかしい。何故なら、何でもなさは、人の関心を呼ばないし、人を「オヤ」と思わせないし、従ってホンにすれば誰も読まないからである。上下左右、勿体ない空白の中にほんの少々の活字を埋め込む作業の中に、勿体より重たい「何でもなさ」を沈めることは大変むつかしいことである。しかし世間には、(詩を読むという特殊な人の中にさえ) このことは阿呆らしい作業であると思われる。その通りであり、その通りではない。ごく僅かの、天の邪鬼的な存在があって、その何でもなさを嗜好とする向きもあるのである。その何でもなさを、まるで己れの生活という家の大黒柱のようにさえ思い込んで、丁寧大事にしている人も居ることは居るのである。

右の文章の「詩」を「文」または「散文」と置き換えれば、天野忠の随筆について考えるうえで、なにがしかの参考になるかもしれない。

選者としては、これ以上何を付け加えることがあろうか。ただ、本書の読者が、この「ごく僅かの、天の邪鬼的な存在」たらんことを願うのみである。

二〇〇六年八月、酷暑のなかで

山田　稔

天野　忠（あまの・ただし）
一九〇九（明治四十二）－一九九三（平成五）
『天野忠詩集』（一九七四）無限賞
『私有地』（一九八一）読売文学賞
『続天野忠詩集』（一九八六）毎日出版文化賞

山田　稔（やまだ・みのる）
一九三〇（昭和五）年生まれ
『北園町九十三番地―天野忠さんのこと』（編集工房ノア）
『コーマルタン界隈』（みすず書房）芸術選奨文部大臣賞
『山田稔自選集』Ⅰ・Ⅱ・Ⅲ（編集工房ノア）

〈ノアコレクション・8〉
天《あま》野《の》忠《ただし》随筆選《ずいひつせん》
二〇〇六年一〇月一七日初版発行
二〇二〇年一〇月一七日二刷発行
著　者　天野　忠
選　者　山田　稔
発行者　涸沢純平
発行所　株式会社編集工房ノア
〒五三一―〇〇七一
大阪市北区中津三―一七―五
電話〇六（六三七三）三六四一
ＦＡＸ〇六（六三七三）三六四二
振替〇〇九四〇―七―三〇六四五七
組版　株式会社四国写研
印刷製本　亜細亜印刷株式会社

ISBN978-4-89271-152-7
不良本はお取り替えいたします

表示は本体価格

春の帽子　天野　忠

車椅子生活がもう四年越しになる。穏やかな眼で、老いの静かな時の流れを見る。想い、ことば、神経が一体となった生前最後の随筆集。　二〇〇〇円

耳たぶに吹く風　天野　忠

「陽がよくあたっている子供の滑り台の上をスルスルと滑っている乾いた雑巾の夢を見た」古いノートから—と題し残された遺稿短章集。　一九四二円

草のそよぎ　天野　忠

未発表遺稿集。「時間という草のそよぎに頬《ほ》っぺたを吹かれているような老年」小さなつぶやきに大きな問いが息づいている（東京新聞評）。　二〇〇〇円

私有地　天野　忠

第33回読売文学賞　とぎ澄まされた神経、語感、観察、想念が、おだやかな詩を一分の隙もない厳しい詩に…（大岡信氏評）。　二〇〇〇円

万年　天野　忠

一九八九年刊（生前最後の）詩集。みんな過ぎていく／人の生き死にも／時の流れも。老いを絶妙の自然体でとらえる。著者自装。　二〇〇〇円

夫婦の肖像　天野　忠

「結婚よりも私は『夫婦』が好きだった。とくにしずかな夫婦が好きだった。」夫婦を主題にした自選詩集。装幀・平野甲賀。　二〇〇〇円

うぐいすの練習　天野　忠

一九九八年刊・遺稿詩集。連作「ばあさんと私」を含む、みずからの老いと死を見とどける、静かな夫婦の最後の詩集。詩人の完結。　二〇〇〇円

北園町九十三番地　山田　稔

天野忠さんのこと　エスプリにみちたユーモア。ユーモアにくるまれた辛辣さ。巧みの詩人、天野忠の世界を、散歩の距離で描き絶妙。　一九〇〇円

天野さんの傘　山田　稔

生島遼一、伊吹武彦、天野忠、富士正晴、松尾尊兊、師と友、忘れ得ぬ人々、想い出の数々、ひとり残された私が、記憶の底を掘返している。　二〇〇〇円

こないだ　山田　稔

楽しかった「こないだ」、四、五十年も前の「こないだ」について、時間を共にした、あの人この人について書き綴る。この世に呼ぶ文の芸。　二〇〇〇円

八十二歳のガールフレンド　山田　稔

思い出すとは、呼びもどすこと。すぎ去った人々が、想像のたそがれのなかに、ひっそりと生きはじめる。渚の波のように心をひたす散文集。　一九〇〇円

マビヨン通りの店　山田　稔

ついに時めくことのなかった作家たち、敬愛する師と先輩によせるさまざまな思い――〈死者をこの世に呼びもどす〉ことにはげむ文のわざ。　二〇〇〇円

沙漠の椅子　大野　新

一個の迷宮である詩人の内奥に分け入り、その生的痙攣と高揚を鋭くとらえる、天野忠、石原吉郎、黒田喜夫、粕谷栄市、清水昶論他。　二〇〇〇円

天野忠さんの歩み　河野仁昭

天野忠の出発と『リアル』、圭文社とリアル書店、コルボウ詩話会、地下茎の花、晩年、あの書斎に。身近な著者が託された資料でたどる。　二〇〇〇円

戦後京都の詩人たち　河野仁昭

『コルボオ詩話会』『骨』『RAVINE』『ノッポとチビ』へ重なり受けつがれた詩流。京都の詩誌、詩と詩人を精緻に書き留める定本。　二〇〇〇円

ゲーテの頭　玉置保巳

ゲーテの頭とは天野忠。稀有な詩人の晩年をつぶさに見つめる。丸山薫、板倉鞆音、黒部節子、杉山平一、以倉紘平、わが心の詩人たち。(品切)二〇〇〇円

軽みの死者　富士正晴

吉川幸次郎、久坂葉子の母、柴野方彦、大山定一、竹内好、高安国世、橋本峰雄他、有縁の人々の死を描く、生死を超えた実存の世界。　一六〇〇円

火用心　杉本秀太郎

〈ノア叢書15〉近くは佐藤春夫の『退屈読本』遠くは兼好法師の『徒然草』、ここに夜まわり『火用心』、文芸と日常の情理を尽くす随筆集。　二〇〇〇円